AF187932

Schreie in meinem Kopf

Charlotte Kroker

*Bibliografische Information der Deutschen
Nationalbibliothek:Die Deutsche Nationalbibliothek ver-
zeichnet diese Publikation in der Deutschen Nationalbibli-
ografie; detaillierte bibliografische Daten sind im Internet
über http://dnb.dnb.de abrufbar.*

Impressum
© Februar 2019 Charlotte Kroker
ISBN: 9783749407545
Coverfoto: Charlotte Kroker
Lektorat, Satz und Redaktion: Sabine Dreyer
Verlag und Herstellung:
BoD - Books on Demand, Norderstedt
Alle Rechte vorbehalten.
Keine unerlaubte Vervielfältigung oder Verbreitung.

MIX
Papier aus verantwortungsvollen Quellen
Paper from responsible sources
FSC® C105338

Inhalt

Vorab ...

*Vor deinem Schicksal kannst du dich nicht ver-
stecken. Es findet dich überall!*
(Charlotte Kroker)

Erlenbach – eine Kleinstadt, gelegen in einem idyllischen Tal. Der Ortsteil Hagen windet sich zwischen Wiesen, Feldern und Wäldern einen kleinen Berg hinauf. Gehst du weiter am Waldrand entlang, wirst du am Ende des Weges mit einem herrlichen Blick auf den Baggersee belohnt. Du könntest dich glücklich schätzen, in Hagen in einem dieser Häuser zu leben.

Das dachte auch Wolfgang Bittner, als er dort ein Haus kaufte, um mit seiner Frau Anne eine Familie zu gründen. Aaron wurde geboren, und nach drei weiteren Jahren kam Katharina auf die Welt. Das Glück schien perfekt zu sein. Doch dann schlug das Schicksal erbarmungslos zu.

Danke

Ganz herzlich möchte ich mich bei Ludmilla be-
danken. Sie machte mir stets Mut, weiterzu-
schreiben, und war immer interessiert.
Dank an meine ersten Leser Anne, Iris, Erika und
Biggi.
Markus, danke für das Cover-Bild und die Wer-
bung für all meine Bücher.

Die Protagonisten sind frei erfunden. Berichte
über Betroffene, die ich beschrieben habe, sind es
nicht, sondern alles ist zum Teil hautnah erlebt …
miterlebt.

IN DER PSYCHIATRIE

Ich spüre, wie sich mein Bewusstsein an die Oberfläche kämpft. Sofort habe ich den Wunsch, wieder einzuschlafen und nie mehr aufzuwachen. Der Wunsch füllt meinen ganzen Körper aus – ich kann an nichts anderes denken.

Eine Welle der Übelkeit rollt auf mich zu. Es gelingt mir, sie zu überstehen. Ich versuche, mich zu entspannen, und frage mich, wo ich eigentlich liege, denn das Bett fühlt sich fremd an. Es kostet Kraft, die Augen zu öffnen.

Weiße Wände um mich herum – ein kahler, einfach eingerichteter Raum. Große Fenster, die aufdringliches Licht ins Zimmer werfen. Das alles erinnert mich an ein Krankenhaus. Sicher hatte ich wieder diese schrecklichen Tagträume. Die Ärzte nennen sie Psychosen. Sie überfallen mich, egal wo ich bin. Plötzlich sehe ich grüne Katzenaugen und verzerrte Münder. Gellende Schreie verfolgen mich und hallen schmerzend in meinem Kopf. Ich kann nichts dagegen tun, ich bin ihnen ausgeliefert. Nachts quälen mich die Bilder von geifernden Monsterkatzen, deren Speichel auf mich tropft. Ich wache auf, liege zitternd im Bett und kann nicht mehr einschlafen. Am Tag bin ich müde und unkonzentriert. Manchmal höre ich Mutter weinen. Vater tröstet sie. Ob sie auch Albträume hat? Mutter ist immer traurig. Besonders, wenn sie mich ansieht. Dabei habe ich ihr nichts getan! Ich kann lustig sein und lachen. Das alles kann sie nicht! Sie sitzt nur da, streichelt ihre Katze, starrt Löcher in die Luft oder läuft wie ein Geist durchs Haus.

Ich höre Schritte. Die Tür öffnet sich. Schnell mache ich die Augen zu, damit sie mich in Ruhe lassen.

»Aaron, mein Junge«, höre ich Vaters Stimme.

Ich will nicht mit ihm sprechen. Ich will nur denken. Doch Vater lässt mir keine Ruhe. Er redet und redet, als ob er ein schlechtes Gewissen hat. Soll er doch! Ich verspüre so etwas wie Wut. Sie tut mir gut. Dadurch schaffe ich es, die Augen zu öffnen, und schaue ihn an. Wie oft habe ich ihn gefragt, was Mutter gegen mich hat. Immer ist er mir ausgewichen, nie hat er mir eine Antwort darauf gegeben! Ich würde mir alles nur einbilden, versucht er mir jedes Mal einzureden. Dabei sehe ich den Hauch eines Lächelns auf Mutters Gesicht, wenn sie die Katze streichelt – und wie es verschwindet, wenn sie mich anschaut.

Ich fühle die Wut immer noch, sie gibt mir meine Lebensgeister zurück. Doch die Angst lauert in meinem Inneren. Sie ist mein täglicher Begleiter. Und dann schlägt sie ganz plötzlich zu.

Wie durch Watte höre ich Vater reden. Irgendetwas von Tabletten einnehmen und Gespräche mit dem Arzt führen. Ich bin so weit weg. Ob ich meine Augen wieder schließen soll? Vielleicht geht er dann.

Endlich bin ich alleine. Alleine mit meinen Gedanken. Ich erinnere mich, wie es angefangen hat. Wie ich die unheimliche Angst zum ersten Mal gespürt habe.

Erinnerung

Ich ging von Hagen nach Erlenbach die Abkürzung über den Feldweg zur Schule. Es war schon so warm, dass mir der Schweiß den Rücken herunterlief. Der Tag versprach wieder heiß zu werden. Die dichten Tannen, die auf der einen Seite des Weges standen, würden erst ab Mittag Schatten spenden. In der Ferne hörte ich Donnergrollen. Ich schaute zum Himmel, er war blau, doch so dunkel wie tiefes Wasser.

An diesem Morgen fühlte ich mich nicht wohl in meiner Haut. Schlecht gelaunt holte ich aus und stieß mit dem Fuß die Steine zur Seite, dass es nur so staubte. Ein Glück, dass meine Schwester Greta und meine Freundin Lilli von Vater im Auto mitgenommen wurden. Denn morgens hatte ich keine Lust, ihr Geplapper über neue Klamotten zu hören. Das musste ich mir nicht antun. Die neuste Mode war mir egal. Jeans und ein T-Shirt reichten vollkommen und passten immer. Lilli ärgerte sich darüber. Beim Shoppen nach einer neuen Jeans schleppte sie mich in jeden Klamottenladen und versuchte mich zu überreden, etwas Cooles zu kaufen. Doch bei mir hatte sie kein Glück.

»He, Aaron, du bist siebzehn und keine siebzig!«, schimpfte sie dann meist wütend. Wenn sich Lilli ärgert, sieht sie süß aus. Ich muss dann immer lachen und küsse ihren Ärger einfach weg.

Lilli wohnt genau wie wir in Hagen, einem Ortsteil von Erlenbach. Sie ist Gretas beste Freundin, obwohl Lilli vier Jahre älter ist. Und seit Lillis fünfzehntem Geburtstag sind wir beide zusammen.

Kopfschmerzen hämmerten hinter meiner Stirn. »Hätte ich doch bloß die doofe Sonnenbrille nicht vergessen«, murmelte ich wütend vor mich hin. Ich musste dauernd blinzeln, weil mir die Sonne ins Gesicht schien. *Warum schlafe ich in letzter Zeit so schlecht,* dachte ich gereizt, *und warum quälen mich so seltsame Träume?*

Es flimmerte vor meinen Augen. Plötzlich sah ich eine große Wasserpfütze vor mir und blieb erstaunt stehen. *Es hat doch schon drei Wochen nicht mehr geregnet!*

Mit einem eigenartigen Gefühl im Bauch ging ich an der Pfütze vorbei und drehte mich nach ein paar Schritten um. Da fiel mir eine Katze auf, die neben der Pfütze hockte. Sie starrte mich mit großen Augen an. *Seltsam, genau dort, wo die Katze sitzt, bin ich gerade vorbei gegangen. Ich habe sie nicht bemerkt.*

Bevor ich auf die Hauptstraße einbog, schaute ich noch einmal zurück. Die Katze saß immer noch genauso unbeweglich auf derselben Stelle. Es sah fast so aus, als ob sie mich mit ihrem Blick festhalten wollte. Selbst auf die Entfernung hin, konnte ich das Grün ihrer Augen erkennen.

Das eigenartige Gefühl in meinem Bauch verstärkte sich. Den restlichen Weg bis zur Schule rannte ich.

»Aaron, warte auf mich«, rief Lilli, als ich außer Atem auf dem Schulhof ankam. Ihre langen, schwarzen Haare wehten, als sie auf mich zulief. »Warum machst du so ein Gesicht? Hat es Ärger zuhause gegeben?«

»Nee«, antwortete ich und hoffte inständig, nicht nach Schweiß zu riechen. Zerstreut fuhr ich mit der Hand durch meine Haare. Kurz fielen mir die Pfütze und die Katze ein. Doch Lilli hatte mich schnell abgelenkt. Ihr Minirock rief so einige Erinnerungen in mir wach, denn sie hat die längsten und schönsten Beine, die ich kenne. Der Geruch ihrer leicht verschwitzten Haut ließ mich an meinen Lieblingsplatz am Baggersee denken und weiß Gott nicht an unsere Gesamtschule.

Wir knutschten eine Weile herum. Ich malte mit meinem Zeigefinger zärtlich die Konturen ihrer Lippen nach. Bevor wir uns trennten, gab ich ihr schnell noch einen Kuss, dann ging jeder in seine Klasse.

An meinem Platz angekommen, warf ich meine Schultasche mit einem gekonnten Looping unter den Tisch und setzte mich auf meinen Stuhl. Meine Mitschüler machten einen Krach, der mir total auf den Senkel ging. Müde riss ich meinen

Mund auf und gähnte, bis mir die Tränen aus den Augen liefen.

»He, Alter«, rempelte mich Jörg an. »Warst wohl gestern zu lange bei Lilli, was?«

»Nur kein Neid«, knurrte ich. Meine Gedanken wanderten zum Baggersee. Bei dem tollen Wetter wollte ich mich dort am Nachmittag mit Lilli und einigen Freunden treffen. *Schwimmen zu gehen ist einfach geil. Und dann mit Lilli ... Das wird meine schlechte Laune garantiert vertreiben,* dachte ich. Hoffentlich hielt die Hitzeperiode noch etwas an, in ein paar Tagen begannen nämlich die Sommerferien.

Frau Gerber, unsere Lehrerin, kam ins Klassenzimmer. Es wurde leiser, und der Unterricht begann. Ihre monotone Stimme machte mich noch schläfriger. Wer interessierte sich schon für Geschichte? Ich jedenfalls nicht! War mir doch egal, ob sich die Leute im 16. Jahrhundert die Köpfe eingeschlagen hatten oder nicht. Ein Bett wäre mir jetzt lieber.

Ich kippelte mit geschlossenen Augen auf meinem Stuhl herum und döste vor mich hin.

»Aaron«, hörte ich Frau Gerber rufen. Ich versuchte mich aufzusetzen, doch plötzlich verlor ich das Gleichgewicht. Mit einem lauten Knall landete ich auf der Erde. Klar, dass alle aus vollem Hals lachten! Vor allem Mia kreischte so peinlich laut, dass ihr Frau Gerber einen wenig freundlichen Blick zuwarf. Ich fühlte, wie mir die Hitze in den Kopf schoss und mein Gesicht vor Scham brannte. Betont gleichgültig tat ich so, als ob nichts passiert wäre.

»Hast du gut geschlafen Aaron?«, spottet Frau Gerber. »Ich wiederhole die Frage noch einmal für dich: Die Franzosen griffen in den Krieg ein. Die letzte Schlacht des Krieges, westlich von Augsburg, fand wann statt? Und wann läuteten die Friedensglocken, die mit der Unterzeichnung der Verträge dem Krieg ein Ende setzten?«

Verdammt, vor lauter Müdigkeit hatte ich gar nicht zugehört. Ich konnte die Frage nicht beantworten. Peinlich!

Lars, der vor mir saß, drehte sich grinsend um. Spöttisch erklärte er:

»Die letzte Schlacht bei Augsburg fand im Mai 1648 statt und die Friedensverträge wurden im Oktober 1648 unterzeichnet.«

Ich hätte dem Angeber so eine reinhauen können! Bei jeder Gelegenheit freute er sich tierisch, wenn ich mich blamierte. Am liebsten hatte er es, wenn Lilli das mitbekam. Er war hinter meiner Freundin her, wie der Teufel hinter einer armen Seele. Aber bei Lilli hatte er schlechte Karten, sie liebte nur mich!

Nach einer Weile kroch mir wieder die Müdigkeit in die Glieder. Ich konnte kaum die Augen aufhalten. Mühsam zwang ich mich, nach vorne zur Tafel zu blickten. Doch was war das? Im Augenwinkel bemerkte ich eine Katze, die draußen auf der Fensterbank saß und ins Klassenzimmer starrte. Sofort war das eigenartige Gefühl in meinem Bauch wieder da. Schnell machte ich die Augen zu.

Als ich nach einer Weile noch einmal zum Fenster sah, war die Katze verschwunden. Mir fiel die vom Feldweg ein und Mutters Katze, die sich nur von *ihr* anfassen ließ. Wieso dachte ich dauernd über Katzen nach? Eigentlich mochte ich Hunde viel lieber.

Endlich Pause! Nichts wie raus aus dem stickigen Klassenzimmer. Träge nahm ich wahr, dass sich das Gewitter verzogen hatte.

Auf dem Schulhof entdeckte ich Lilli zwischen ihren Mitschülerinnen. Lars stolzierte gerade an den Mädchen vorbei und drückte ihnen mit wegwerfender Geste einen coolen Spruch rein.

»Angeber!«, rief Lilli und kam lachend auf mich zu. Demonstrativ legte ich meinen Arm um ihre Hüften und warf Lars mein schönstes Siegergrinsen zu. Zusammen gingen Lilli und ich – wie immer – hinter das Schulgebäude. Über die anzüglichen Bemerkungen, die man uns hinterherrief, konnten wir beide nur schmunzeln. Auf dem umgestürzten Baum, unserem Platz, machten wir es uns bequem.

Jeder Junge auf der Schule war hinter Lilli her. Aber sie wollte nur mich. Wir knutschten wieder. Das warme Kribbeln in meinem Bauch wanderte weiter nach unten.

»Bleibt's dabei, dass wir uns nachher treffen? Bei dem Wetter schwimmen zu gehen ist genial. Ich habe mir einen neuen Bikini gekauft. Bin gespannt, wie er dir gefällt. Ich freue mich schon.«

Ich liebte die Handbewegung, mit der sie lächelnd ihre Haare hinter das Ohr strich.

Eine Katze huschte an uns vorbei, blieb stehen, drehte sich um – und starrte mich an. Scheiße! Das warme Gefühl verschwand, und mein Magen hüpfte in den Hals.

Lilli merkte mein Erschrecken. »Was ist los, Aaron? Es ist doch nur eine Katze«, sagte sie verständnislos und boxte mich in die Seite.

Als wir zurück in unsere Klassen gingen, schlich ich mit hängendem Kopf neben ihr her. Bevor wir uns trennten, überholte uns Lars. »Na, habt ihr euch gezankt?«, rief er schadenfroh. Wütend dachte ich: *Irgendwann schnappe ich ihn mir und haue ihm so eine rein, dass ihm das Nachhecheln hinter Lilli her vergeht!*

Die Mathestunde bei Herrn Unger nahm und nahm kein Ende! Wie war das mit der Zisterne? Sie enthielt 800 l Wasser? Na gut. 20 Minuten nach dem Öffnen des Ventils enthielt sie nur noch 180 l Wasser. »Oh, Mann«, stöhnte ich vor mich hin. Dann wurde der Abfluss für 10 Minuten gestoppt. Oder waren es 20 Minuten?

»He, Benni, nach wie viel Minuten wird der Abfluss gestoppt?«

»Zehn Minuten«, flüsterte mir Benni zu.

Der Lehrer sah mich ein paar Mal grübelnd an, aber mein Gehirn war vor Müdigkeit wie ausgewaschen. Ich konnte mich einfach nicht konzentrieren.

»Nächste Aufgabe«, sagte Herr Unger und ging zur Tafel. Er schrieb: Das Viereck. A(-2) … Pause in meinem Gehirn … Warum guckte der Unger mich dauernd an? Er ließ mich nicht eine Sekunde aus den Augen!

»Bestimme die Gleichungen der diagonalen Geraden.«

Ohne einen klaren Gedanken fühlte ich mich wie in einem luftleeren Raum. Ich sah aus dem Fenster in den blauen Himmel. Ab und zu drang die Stimme von Herrn Unger an meine Ohren. Gerade erklärte er: »Zur Kontrolle: 7x - 4y … Berechnet dann …« Wieder Pause in meinem Gehirn. »… die Koordinaten des Schnittpunktes {S}=g …« Den Rest bekam ich nicht mit.

Ich gähnte, was das Zeug hielt. Dabei füllten sich meine Augen mit Tränen. Ich sah nichts mehr und wischte sie mir umständlich aus. Wie herrlich, mit geschlossenen Augen blieb ich eine Weile sitzen.

Ich kapierte nichts! Was war mit dem Schnittpunkt?

Endlich schrillte die Klingel! Die letzte Schulstunde war vorbei. Jeder packte seine Sachen zusammen und drängelte zur Tür. Bevor ich als Letzter aus dem Klassenzimmer ging, sah ich noch einmal zum Fenster, und da saß sie – die Katze. Ich schaute in glühende Augen, sie kamen näher und näher … Mein Hals war plötzlich wie ausgetrocknet. Schwitzend vor Aufregung würgte ich meine Spucke hinunter. Mein Shirt klebte mir am Körper. Ganz entfernt hörte ich Herrn Unger fragen: »Aaron, ist noch was?«

Der Bann war gebrochen, doch ich konnte den Blick kaum von diesen magischen Katzenaugen lösen. Verzweifelt schaute ich zu Herrn Unger und zeigte zum Fenster. Doch als ich wieder hinsah, war keine Katze mehr da. Eine leichte Gänsehaut kroch mir langsam den Rücken herauf. Irritiert zog ich die Schultern hoch, verabschiedete mich und lief den anderen hinterher.

Lilli und Greta warteten draußen auf mich. Langsam schlurften wir in der brütenden Hitze über den Schulhof und nahmen den Heimweg über die Hauptstraße. Ich griff nach Lillis Hand, wie nach einem Strohhalm, so elend fühlte ich mich. Ich sehnte mich nach menschlicher Nähe und Sicherheit und hätte sie gerne in den Arm genommen. Doch es war einfach zu heiß, und ich war unendlich müde. In Gedanken vertröstete ich mich auf den Nachmittag am Baggersee. Grübelnd überlegte ich: *Es sieht beinah so aus, als ob die Katzen etwas von mir wollen. Aber die Katze am Klassenfenster konnte doch nicht wissen, in welchem Zimmer ich sitze!*

Die Mädchen stießen sich an, und Lilli sagte: »Du bist heute komisch, Aaron. Was ist los mit dir? Schlägt dir die Hitze aufs Gehirn?« Dabei kicherte sie blöd.

Ich gab ihr keine Antwort. Wenn ich erzählte, was ich dachte, lachte sie mich bloß aus. Ich war einfach urlaubsreif. Es wurde Zeit, dass die Sommerferien anfingen.

Am Nachmittag kam meine Freundin schon ziemlich früh, um Greta und mich zum Schwimmen abzuholen. Ich hätte für die Schule arbeiten müssen, aber bei dem heißen Wetter hatte ich keine Lust dazu.

»Hast du Hausaufgaben gemacht?«, fragte Lilli.

»Nee, wir haben eine blöde Zisternenberechnung durchgenommen. Davon habe ich sowieso nichts kapiert«, antwortete ich ihr schroff, was mir einen vorwurfsvollen Blick von Greta einbrachte, den ich einfach ignorierte. Sie fand es total doof, wenn ich zu Lilli nicht nett war.

Wir machten uns auf den Weg. Greta maulte über die Hitze und wurde immer langsamer. Ich dagegen konnte es kaum erwarten, ans Wasser zu kommen. Ein Stück des Weges führte uns über den Feldweg, den ich morgens zur Schule gehe. Bevor wir dann zum See abbogen, blieb ich stehen und suchte mit den Augen den Weg ab, in der Richtung, in der ich am Morgen die Pfütze gesehen hatte. Die Luft flimmerte an einer Stelle, aber etwas erkennen konnte ich nicht.

»Was gibt es denn da zu sehen?«, fragte Greta neugierig.

Betont gelangweilt sagte ich: »Heute Morgen war da eine große Wasserpfütze.«

»Ja, das kenne ich«, rief Lilli. »Das ist eine Luftspiegelung, weil es so heiß ist.«

Das ist die Erklärung! Ich atmete auf. Doch dann fiel mir ein, dass ich ja direkt an der Pfütze vorbei gegangen bin und mein Spiegelbild in dem Wasser gesehen hatte. Wieder kroch mir eine Gänsehaut den Rücken hinauf. Was passierte mit mir? Wurde ich verrückt? Da half nur der Baggersee – Abkühlung, Schwimmen und Spaß haben! Schnell ging ich vor den Mädchen her. Ich hörte unsere Freunde lachen und spurtete los. Mein Handtuch flog im hohen Bogen in den Sand, ruck zuck schmiss ich meine Shorts hinterher, rannte an den verblüfften Freunden vorbei zum See hinunter, sprang hinein und schwamm hinaus.

Ah, das tut gut! Mit einem Blick zurück an den

kleinen Strand sah ich Lilli, die mir zum Wasser nachgelaufen war und sich eben in die Fluten stürzte. Wir alberten lachend herum. Meine schlechte Laune war verflogen, ich fühlte mich glücklich. An diesem Nachmittag dachte ich nicht mehr an die Katze. Dafür sorgte Lilli schon. Ihr Bikini war obergeil!

IN DER PSYCHIATRIE

Ich muss eingeschlafen sein. Eine Stimme weckt mich: »Herr Bittner, ich bringe Ihnen die Tabletten.«

Das Klappern des Tabletts dröhnt in meinem Kopf. Nein, nicht schon wieder Tabletten. Ich habe den Verdacht, dass sie mich bloß dusselig und müde machen. Doch wehren kann ich mich nicht. Mein Körper fühlt sich wie Gummi an. Ich bin einfach fertig!

Die Türe schließt sich. Ich versuche, meine Gedanken zu sammeln. Doch schon wieder kommt jemand herein. »Sie müssen jetzt aufstehen, Herr Bittner«, sagt eine Frau mit einer schrillen Stimme. Sie zieht lärmend die Jalousien hoch. Das helle Licht schmerzt in meinen Augen. Schnell mache ich sie zu.

»Das schaffe ich nicht«, krächze ich aus trockenem Mund. »Ich bin zu schlapp.«

»Och, das kriegen wir gemeinsam hin. Sie duschen sich jetzt, und dann zeige ich Ihnen den Speisesaal.«

»Die Tabletten«, versuche ich ihr zu erklären. »Die machen mich so müde. Ich glaube, ich nehme sie nicht mehr.«

Während sie mir die Bettdecke vom Körper reißt, erklärt sie mir, dass ich die noch eine Weile nehmen müsse. Dann lächelt sie breit und sagt:

»Schließlich wollen wir ja wieder gesund werden.« Dabei tätschelt sie ausgiebig meine Schulter.

Mühsam krieche ich aus dem Bett und denke: *Die Gute scheint auch krank zu sein, warum hätte sie sonst WIR gesagt?* Oder meint sie, ich habe einen an der Klatsche? Im Grunde ist es mir egal. Ich will in Ruhe denken und dahinterkommen, warum ich so seltsame Träume habe und weshalb ich hier vollgestopft mit Tabletten herumliegen muss. Doch die Dame ist hartnäckig und schleift mich ins Bad zum Duschen. Sie könnte wenigstens rausgehen. Es ist nicht so toll, wenn sie mich dabei überwacht!

Meine Beine zittern, als ich aus der Dusche komme. Mir ist schlecht. Ich kann mich gerade noch abtrocknen, torkele hin und her und hab Mühe, meine Hose anzuziehen. Plötzlich verliere ich das Gleichgewicht.

Müde mache ich die Augen auf. Über mir schwebt ein Riesenbusen! Ich blinzele ein paar Mal. Die gute Frau hat mich ins Bett verfrachtet. Meinem Gehirn fehlen ein paar Sekunden.

»Na, na, wir wollen doch nicht gleich umfallen«, ermahnt mich die Pflegerin. Es ist mir zu anstrengend, darüber nachzudenken, ob wir *zusammen* umgefallen sind. Deshalb verkneife ich es mir. »Jetzt bringe ich Sie noch in den Speisesaal«, meint sie mit ihrer Stimme, die Glas zerbersten lässt. Sie zwingt meine Beine in die Jeans und meinen Oberkörper in den Pullover. Dass sie mir dabei fast die Ohren abreißt, scheint sie nicht zu bemerken. Eingehängt wie ein Liebespaar schaukeln wir zwei über den Flur in Richtung Speisesaal. Jetzt müssten mich meine Schulkollegen sehen. Die würden sich auf dem Boden kringeln vor Lachen!

Die Krankenschwester bringt mich zu meinem Platz. Ohne mich umzugucken, schlinge ich das Essen, das auf dem Teller liegt, hinunter, um möglichst schnell wieder auf mein Zimmer zu kommen. Ich muss herausfinden, warum mich Mutter ablehnt. Vielleicht hören in dem Moment, wo ich das rausbekomme, die Träume auf, geht mir durch den Kopf. Ich hoffe es inständig!

Lichtjahre später bin ich endlich wieder in meinem Zimmer und lasse mich erschöpft auf das Bett fallen.

Hitzefrei

Am nächsten Morgen ging ich eilig über den Feldweg zur Schule. Meine Gedanken waren noch am Baggersee. Es war gestern einfach nur genial gewesen. Lilli hatte in ihrem neuen Bikini gigantisch ausgesehen. Das hatte ich auch an den neidischen Blicken der anderen bemerkt.

Als ich in die Nähe der Stelle kam, wo ich am Tag zuvor die Pfütze gesehen hatte, fiel mir die Katze wieder ein. Aufmerksam sah ich mich um, konnte sie aber nicht entdecken. Ich atmete auf. Die Uhr zeigte mir, dass ich mich mächtig beeilen musste! Wieder rannte ich fast den ganzen Weg. Auf dem Schulhof sah ich mich nach Lilli und Greta um. Doch alle waren schon in ihren Klassen.

Schnell lief ich ins Schulgebäude hinein, die Treppe hoch und in meine Klasse. Lars quatschte mich natürlich sofort von der Seite an. »Na, heute noch nicht geduscht? Da wird sich Lilli nachher auf deine herbe Duftnote freuen«, spielte er auf mein durchgeschwitztes Shirt an.

Ich knirschte mit den Zähnen und zischte: »Pass nur auf, sonst ...!« Wütend wollte ich mich auf ihn stürzen, doch einige Mitschüler hielten mich fest.

Lars hob theatralisch die Arme. »Ist ja schon gut – schon gut. Ich sage nichts mehr.« Er wandte sich ab, strich sich verlegen die Haare aus dem Gesicht und stolzierte breitbeinig zu seinem Platz. Schade, ich hätte mich gerne mit ihm geprügelt!

Die Luft im Klassenzimmer war aufgeladen wie bei einem Gewitter. Gereizt und unlustig saßen wir herum. Ich ertappte mich dabei, dass ich immer wieder zum Fenster schaute. Da kam Frau Gerber mit der guten Nachricht herein: »Hitzefrei!« Im Nu war es in der Klasse wie in einem Bienenstock. Alle quatschten lautstark drauflos, und wir beeilten uns, nach draußen zu kommen. Auf dem Schulhof herrschten übermütiges Lachen, Kreischen und ein Riesentumult, da fast alle gleichzeitig aus den Klassenzimmern stürzten. Erst langsam wurde es ruhiger.

Lilli und Greta wollten in Erlenbach bleiben. Eis essen war angesagt. Ich hatte keine Lust, mit einer Horde Mädchen in die Eisdiele zu gehen. Deshalb ging ich alleine den Weg zurück nach Hagen.

Die Luft flimmerte auf dem Asphalt. Ich ging an der Kirche vorbei und über den Platz, an dem die Müllcontainer neben Bergen von Bauschutt standen. Sie verbreiteten in der Hitze einen Gestank, dass mir fast schlecht wurde. Mir schien, als ob mich die alten Häuser, die neben den Containern standen, mit ihren fensterlosen Löchern anstarrten. Die Fensterläden hingen so schief in den Angeln, dass sie beim nächsten Windstoß herunterfallen würden. Als mir dann noch der Geruch nach Benzin und Abgasen in die Nase stach, ärgerte ich mich, nicht über den Feldweg nach Hause gegangen zu sein.

Ich spürte, wie die drückende Luft mir den Atem nahm und sich die Angst breitmachte, die ich eigentlich nur in der Nacht, nach meinen schlechten Träumen, spürte. Vergangene Nacht war es besonders schlimm gewesen. Ich sah die drohenden Augen der Katze noch vor mir, und die grausamen Schreie, die ich im Dunkeln gehört hatte, klangen in meinem Kopf nach. Meine Umwelt nahm ich kaum wahr und starrte beim Gehen vor mich hin. Ich fühlte mich wie das vertrocknete Gras am Straßenrand, das von Hitze und Staub grau geworden war.

Der plötzliche Gedanke an den Baggersee war für mich wie die Erlösung. Ich nahm mir vor, nach dem Mittagessen schwimmen zu gehen. Ein paar Stunden an meinem Lieblingsplatz würden mich wieder aufmuntern. Wie aus heiterem Himmel fiel mir Mutter ein. Sie war schon lange krank. So richtig erinnern konnte ich mich nicht mehr, wann es angefangen hatte, dass sie wie ein Geist durchs Haus wanderte. Immer wenn ich sie ansprach, kam ihr Blick von ganz weit her. Ich hatte das Gefühl, dass sie mir nie zuhörte. Ich war Luft für sie, sie sah durch mich hindurch.

Vielleicht hing ihre Krankheit mit meiner Schwester Katherina zusammen, die auf seltsame Weise ums Leben gekommen war. Obwohl ich damals erst drei oder vier Jahre alt gewesen sein musste, konnte ich mich noch gut an meine kleine Schwester erinnern, wie sie die ersten unsicheren Schritte über die Wiese hinter ihrer Katze her tappte, denn Katharina und die Katze waren unzertrennlich gewesen. Die Stimme meiner Mutter meinte ich noch zu hören: *Aaron, passt du einen Moment auf Kathi auf? Ich kümmere mich schnell um die Wäsche!* Was dann passiert war, weiß ich nicht mehr. Meine Erinnerung setzte erst wieder ein, als ich die grelle Sirene des Krankenwagens hörte, die sich mit den schrecklichen Schreien meiner Mutter mischte. Warum Mutter schrie? Auch das weiß ich nicht mehr. Aber an die vielen Leute, die plötzlich auf dem Hof waren, daran erinnere ich mich wieder. Tante Sonja, die Schwester meiner Mutter, kam damals aus Bremen. Da sie freiberuflich tätig war und keine Kinder hatte, wollte sie für mich sorgen. »Deine Mama ist krank«, erklärte sie mir, »und muss für eine Weile ins Krankenhaus, mein Junge.«

Jetzt verstand ich auch Mutters Schreie. Sie hatte sicher Schmerzen gehabt und Kathi mit ins Krankenhaus genommen. Doch als Mutter zurückkam, war Katharina nicht dabei. Ich fragte nach meiner Schwester.

»Kathi? Die ist im Himmel!«, erzählte man mir. Mit der Antwort konnte ich nicht viel anfangen. Ich wusste ja nicht, wie weit der Himmel weg war.

Dass ich meine Schwester für lange Zeit nicht mehr sehen würde, ahnte ich, doch ich rechnete damit, dass sie irgendwann wiederkäme. Aber wenn ich nach ihr fragte, lenkten die Erwachsenen das Gespräch ab. Später reimte ich mir zusammen, dass sie tot war. Wie sie ums Leben gekommen war, weiß ich bis heute nicht.

Tante Sonja machte es Spaß, für mich da zu sein. Ich war ihr Junge, wie sie mir immer versicherte. Eines Tages hörte ich, wie sie und Vater miteinander sprachen. »Du verwöhnst Aaron viel zu sehr, Sonja. Du vergötterst ihn regelrecht. Ich kann es nicht verantworten, dass du dich um den Jungen und um Anne kümmerst. Das ist einfach zu viel für dich. Es macht mir ein schlechtes Gewissen, dass du dich so aufopferst. Außerdem wird meine Frau womöglich eifersüchtig werden, wenn sie wieder gesund ist. Aaron sagt ja schon *Mama* zu dir!«

Durch den Türspalt sah ich mit Entsetzen, dass Tante Sonja weinte. »Mir macht es nichts aus, Wolfgang, glaub mir doch«, schluchzte sie. »Ich habe den Jungen so lieb, und Anne ist schließlich meine Schwester.«

Oh, ich litt so sehr mit ihr. Ich wollte nicht,

dass meine Tante wieder nach Bremen fuhr. Sie versicherte Vater immer wieder, dass ihr die zusätzliche Arbeit nichts ausmache. Doch Vater gab ihr keine Antwort mehr und ging kopfschüttelnd ins Nebenzimmer.

Tante Sonja entdeckte mich an der Türe zum Flur. Sie stürzte auf mich zu und nahm mich in die Arme. Mittlerweile heulte ich auch. Sie drückte mich so fest an sich, dass ich mich nach all den Jahren an den Schmerz, den ich dabei spürte, noch immer erinnern kann.

Der Zustand meiner Mutter änderte sich nicht. Sie saß stumm in ihrem Sessel, mit der Katze auf dem Schoß, oder wanderte im Haus und im Garten herum, natürlich mit der Katze als ständige Begleiterin. Mich bemerkte sie nicht ein einziges Mal. Glaubte ich.

Eines Tages war Tante Sonja plötzlich fort. Sie hatte es nicht übers Herz gebracht, sich von mir zu verabschieden. Tagelang habe ich um sie geweint, so einsam fühlte ich mich. Dann kam Frau Weinhuber ins Haus. Sie versorgte Mutter – und mich so nebenbei. Vater arbeitete vormittags außer Haus und war am Nachmittag daheim. Irgendwann hatte ich die Geschichte mit Kathi vergessen.

Greta wurde zwei Jahre nach Katharinas Tod geboren und ebenfalls von Frau Weinhuber am Vormittag betreut. Greta kennt Mutter nicht anders als ernst und teilnahmslos. Ich dagegen kann mich an ihr Lachen noch gut erinnern.

Meine Gedanken wurden jäh unterbrochen, und der Schreck fuhr mir in die Glieder, als ein Auto an mir vorbeifuhr, um dann kreischend zu bremsen! Der Wagen musste einer Katze ausweichen, die über die Straße lief. Als ich sah, wie ruhig das Tier es hingenommen hatte, beinahe überfahren worden zu sein, begann mein Herz heftig zu klopfen. Wie aus Stein gemeißelt saß sie mir gegenüber am Straßenrand und starrte mich aus weit aufgerissenen grünen Augen an. Nur ihre Schwanzspitze zuckte nervös.

Was wollte die Katze von mir? Wie hypnotisiert klebte mein Blick an ihr. Mein Magen fuhr Fahrstuhl, als sie plötzlich ihr Maul öffnete und mir drohend die Zähne zeigte. Mein Bauch krampfte sich zusammen, und voller Panik sah ich, wie die Eckzähne riesengroß wurden. Der Speichel lief an ihnen herunter. Ich sah sogar, wie er auf die Straße tropfte.

Die Augen und das Maul kamen immer näher und näher … Der Schweiß lief mir in Strömen über den Rücken. Ich bekam kaum noch Luft. Jeden Augenblick erwartete ich, dass die Katze mich anspringen würde, um mich zu verschlingen.

Trotz der Hitze wurde mir plötzlich kalt. Ich begann zu frieren, meine Zähne schlugen aufeinander. Vor Angst musste ich mich übergeben.

Ein Lieferwagen fuhr vorbei und nahm mir für einen Augenblick die Sicht. Als er fort war, erwartete ich, die Katze wieder zu sehen, doch der Platz, wo sie gesessen hatte, war leer! Mir war elend zumute. Für einen kurzen Augenblick verschwand die Sonne hinter einer Wolke und zeichnete einen großen Schatten auf den Asphalt. Ich zog meine Schultern hoch, umrundete ihn beklommen und machte mich auf den Weg nach Hause. Dort ging ich als erstes in den Garten. Mutter saß meistens bei schönem Wetter im Pavillon.

Mir zeigte sich ein seltenes Bild – sie lächelte! Plötzlich raste mein Herz wieder los. Die Angst kam zurück und drückte mir den Hals zu. Mutters Katze, die um ihre Beine strich, sah mich aufmerksam an. Ein Wechselbad der Gefühle überfiel mich!

Meine Mutter bemerkte mich. Als sie mich anschaute, wurde ihr Gesicht sofort ernst. Warum ich mich plötzlich schuldig fühlte, wusste ich nicht. Ich dachte an Tante Sonja und wünschte, sie würde mich in ihre Arme nehmen, mich streicheln und wiegen wie ein kleines Kind. Der Gedanke an die bevorstehenden Ferien bei ihr in Bremen ließ mich etwas durchatmen. In meiner Familie fühlte ich mich nicht mehr wohl.

Noch immer aufgeregt ging ich ins Haus und grübelte weiter über die Katzen nach. Aber was hatte Mutter gegen mich? Immer und immer wieder fragte ich mich das und zermarterte mir mein Gehirn. Doch mir fiel keine Antwort ein. *Vielleicht weiß Tante Sonja, warum Mutter mich nicht mag.*

IN DER PSYCHIATRIE

Ich schlurfe über den Krankenhausflur. Mir kommt es so vor, als ob ich etwas verpasst habe. Wie viele Jahre sind vergangen? Bin ich vielleicht schon ein alter Mann? Wie alt bin ich überhaupt? Sechzehn, siebzehn Jahre? Oder vielleicht achtzig …?

Doktor Güldner wolle mich sehen und sich mit mir unterhalten, hatte mir die Pflegerin mitgeteilt, die anscheinend auch einen an der Klatsche hat. Dabei will ich nur liegen und grübeln. Je schneller ich darauf komme, was mein Unglück ausgelöst hat, desto schneller bin ich wieder gesund. Ich will wieder fröhlich sein und lachen, schwimmen gehen, rumalbern mit Lilli … Lilli – sie ist so weit weg, so weit wie der Mond.

Auf dem Weg zu Doktor Güldner wird mir schlecht. Ich muss mich setzen. Was haben sie nur mit mir gemacht? *Die Tabletten*, geht es mir durch den Kopf. Ich nehme mir zum x-ten Mal vor, sie nicht mehr zu schlucken. Mein Schädel dröhnt. Vielleicht sind es doch nicht die Tabletten, vielleicht bin ich tatsächlich verrückt geworden. Der Flur beginnt sich zu drehen …

Ich wache in meinem Zimmer auf. Vater sitzt an meinem Bett. Er sieht komisch aus, als ob er geweint hat. Die Sorgen haben bestimmt die dunklen Schatten auf seinem Gesicht hinterlassen. Dabei braucht er doch nur zu sagen, was passiert ist, damals – dann ist alles wieder gut.

Ich denke an meine Ferien und die Fahrt zu Tante Sonja nach Bremen.

Abschied von Lilli

Ohne weitere Zwischenfälle vergingen die Tage bis zu den Sommerferien. Bis dahin verbrachte ich die Nachmittage mit Greta, Lilli und meinen Freunden am See.

Am liebsten hätte ich Lilli mit nach Bremen genommen. Vierzehn Tage ohne sie … Hundert Mal hatte ich versucht, sie zu überreden, mit mir zu fahren, und ihr versichert, dass Tante Sonja bestimmt nichts dagegen hätte. Genauso oft und geduldig antwortete sie mir darauf: »Du weißt doch, dass ich Greta versprochen habe, mit ihr und einer Jugendgruppe an die Ostsee zu fahren. Du hältst doch auch, was du versprichst, Aaron!«

»Ist ja schon gut«, sagte ich gereizt.

Meine Schwester polterte durchs Haus. Damit sie beim Kofferpacken nichts vergaß, rannte Vater ihr ständig besorgt hinterher.

Wie immer kümmerte ich mich selber um meine Sachen. Ich nahm die Sporthosen aus meinem Schrank. Da fiel mir ein, dass Vater einmal erzählt hatte, Mutter sei eine begeisterte Sportlerin gewesen und wäre oft um den Baggersee gejoggt. Doch jetzt, ohne Interesse an ihrer Umwelt, würde sie es nicht mal bemerken, wenn Greta und ich in Urlaub waren. Wie mochte es nur in ihrem Kopf aussehen? Dachte sie überhaupt etwas oder glitten ihre Gedanken einfach so dahin? Ihre

Gleichgültigkeit machte mich oft wütend und vor allem total hilflos! Vor lauter Zorn hatte ich manchmal den Wunsch sie anzuschreien, nur um eine Reaktion von ihr zu bekommen. Wie oft hatte ich sie gefragt: »Was habe ich verbrochen? War ich ungerecht, war ich frech zu dir? Sag's mir doch! Bitte! Mutter …« Dann gab ich auf zu fragen, warum sie sich mir gegenüber so abweisend verhielt, eine Antwort bekam ich ja doch nie.

Der Tag kroch langweilig dahin. Frau Weinhuber kam völlig verschwitzt vom Einkaufen, und eine Stunde später servierte sie uns Spaghetti mit irgendeiner Fertigsoße. Die Begeisterung darüber hielt sich in Grenzen. Bei der Hitze hatte sowieso niemand Hunger.

Frau Weinhuber werkelte noch eine Weile in der Küche herum. Ich atmete auf, als ich sie rufen hörte: »Ich bin weg, Herr Bittner.«

»Ja gut, und danke, bis Montag«, kam Vaters Stimme aus seinem Büro.

Zerstreut suchte ich ein Buch, das ich unbedingt mitnehmen wollte. Ärgerlich dachte ich, dass Frau Weinhuber bestimmt wieder in meinem Zimmer aufgeräumt hatte. Obwohl sie da, verdammt noch mal, nichts verloren hatte! Ich kniete vor dem Schrank, meine Hände tasteten im Halbdunkeln herum.

Wo ist nur dieses verflixte Buch. Ich war mir

sicher, dass ich es in diesen Schrank gelegt hatte.

Da – ein Schatten neben mir. Ich schaute zur Seite. Grüne Augen! Voller Panik sprang ich auf, stolperte und fiel der Länge nach auf den Fußboden. Dann sah ich kleine Füße vor mir. Ich starrte darauf und schrie los!

Lautes Lachen brachte mich in die Wirklichkeit zurück. Greta stand vor mir. Sie hielt sich ihren Bauch, dann kicherte sie atemlos: »Das sah aber komisch aus, Aaron, was machst du eigentlich?«

Mein Kopf platzte bald vor Wut. »Du kapierst überhaupt nichts!«, schrie ich aufgebracht. »Ein Glück, dass ich euch alle bald nicht mehr sehen muss!« Grob stieß ich meine Schwester aus dem Zimmer und knallte die Tür hinter ihr zu. Ihr verblüfftes Gesicht machte mir fast ein schlechtes Gewissen.

Ich ließ mich auf den Boden fallen und schloss die Augen. Meine Gedanken kreisten mal wieder um Mutter. Gequält dachte ich an ihr lächelndes Gesicht, als ich aus der Schule gekommen war. Mein Herz schmerzte, und vor Verzweiflung kamen mir die Tränen. Ein abscheuliches Gefühl. Denn die Erinnerung daran, wie ihr Gesicht ernst geworden war, als sie mich gesehen hatte, schnürte mir den Hals zu. »Warum – warum – warum?«, flüsterte ich vor mich hin. »Was habe ich getan?« Ich konnte nicht mehr zählen, wie oft ich mir diese Frage schon gestellt hatte.

Ich lehnte meinen Kopf an die Wand. Die Nachmittagssonne schien mir ins Gesicht und weckte Erinnerungsbilder in mir. Mutter lief über die Wiese mit einem Wäschekorb – ein kleines Kind saß im Gras und fasste meine Hände an …

Ich musste eingeschlafen sein. Ein Geräusch weckte mich. Als ich die Augen auf machte, sah ich Mutter in der Tür stehen. Das Blut schoss mir in den Kopf, und mein Herz machte einen freudigen Sprung. *Sie will mit mir sprechen,* dachte ich. Doch Mutter sah mich wortlos und mit ihren traurigen Augen an, dann ging sie wieder hinaus.

Ich halte das bald nicht mehr aus! »Warum sagst du nicht, was ich falsch gemacht habe, bitte – Mutter!«, schrie ich ihr nach.

Greta lief immer noch hin und her. Schlug die Türen zu, dass es nur so knallte. *Vater motzt nie mit ihr! Sie kann machen, was sie will,* ärgerte ich mich. Obwohl ich noch zwei Tage Zeit hatte, suchte ich meine letzten Sachen zusammen. Ich konnte es kaum erwarten, wegzukommen. Als ich mit dem Packen fertig war, machte ich mich auf den Weg zum Baggersee. Nachdenklich ging ich am Waldrand entlang. An dem abzweigenden Weg blieb ich stehen und schaute wieder in die Richtung, wo ich die Pfütze gesehen hatte. Plötzlich schlich sich die Angst in meinen Magen und dann zum Hals hinauf.

Ich sah tatsächlich die Pfütze! Dieses Mal gab es keine Lichtspiegelung. *Und die Katze?*, dachte ich atemlos, entdeckte sie aber nicht. Langsam ging ich weiter zum See. Vielleicht hatte ich Fieber? Dann sieht man manchmal Dinge, die eigentlich nicht da sind, ging mir durch den Kopf.

Lange saß ich auf meinem Platz und schaute auf den See hinaus. Die Gedanken liefen im Kreis. Ein seltsames Zwielicht erinnerte mich an den beginnenden Abend.

Ich ging bedrückt den Weg zurück nach Hause. An der Wegkreuzung wurden meine Schritte langsamer. Die Situation kotzte mich an. Was war bloß los mit mir? Wo war meine Fröhlichkeit hin? Ich war doch immer gut drauf gewesen und hatte auf keiner Party gefehlt. Plötzlich war keine Freude in mir. Wo war die Freude hin, die ich bei dem Gedanken gespürt hatte, nach Bremen fahren zu können?

Wieder entdeckte ich die Wasserpfütze. Jetzt spiegelte sie sich vorwitzig in den letzten Sonnenstrahlen, die noch hinter einer Wolke hervorsahen. Ein fremdes, komisches Gefühl kroch in mir hoch. Wie ferngesteuert und magisch angezogen zugleich setzte ich mich in Bewegung. Einen Fuß vor den anderen. Dann sah ich auch die Katze. Starr und unbeweglich saß sie dort.

Plötzlich war die Pfütze riesengroß. Mir war ganz leicht zu Mute. Mein Blick tauchte in die ich mir diese Frage schon gestellt hatte.

Ich lehnte meinen Kopf an die Wand. Die Nachmittagssonne schien mir ins Gesicht und weckte Erinnerungsbilder in mir. Mutter lief über die Wiese mit einem Wäschekorb – ein kleines Kind saß im Gras und fasste meine Hände an …

Ich musste eingeschlafen sein. Ein Geräusch weckte mich. Als ich die Augen auf machte, sah ich Mutter in der Tür stehen. Das Blut schoss mir in den Kopf, und mein Herz machte einen freudigen Sprung. *Sie will mit mir sprechen,* dachte ich. Doch Mutter sah mich wortlos und mit ihren traurigen Augen an, dann ging sie wieder hinaus.

Ich halte das bald nicht mehr aus! »Warum sagst du nicht, was ich falsch gemacht habe, bitte – Mutter!«, schrie ich ihr nach.

Greta lief immer noch hin und her. Schlug die Türen zu, dass es nur so knallte. *Vater motzt nie mit ihr! Sie kann machen, was sie will,* ärgerte ich mich. Obwohl ich noch zwei Tage Zeit hatte, suchte ich meine letzten Sachen zusammen. Ich konnte es kaum erwarten, wegzukommen. Als ich mit dem Packen fertig war, machte ich mich auf den Weg zum Baggersee. Nachdenklich ging ich am Waldrand entlang. An dem abzweigenden Weg blieb ich stehen und schaute wieder in die Richtung, wo ich die Pfütze gesehen hatte. Plötzlich schlich sich die Angst in meinen Magen und dann zum Hals hinauf.

Ich sah tatsächlich die Pfütze! Dieses Mal gab es keine Lichtspiegelung. *Und die Katze?*, dachte ich atemlos, entdeckte sie aber nicht. Langsam ging ich weiter zum See. Vielleicht hatte ich Fieber? Dann sieht man manchmal Dinge, die eigentlich nicht da sind, ging mir durch den Kopf.

Lange saß ich auf meinem Platz und schaute auf den See hinaus. Die Gedanken liefen im Kreis. Ein seltsames Zwielicht erinnerte mich an den beginnenden Abend.

Ich ging bedrückt den Weg zurück nach Hause. An der Wegkreuzung wurden meine Schritte langsamer. Die Situation kotzte mich an. Was war bloß los mit mir? Wo war meine Fröhlichkeit hin? Ich war doch immer gut drauf gewesen und hatte auf keiner Party gefehlt. Plötzlich war keine Freude in mir. Wo war die Freude hin, die ich bei dem Gedanken gespürt hatte, nach Bremen fahren zu können?

Wieder entdeckte ich die Wasserpfütze. Jetzt spiegelte sie sich vorwitzig in den letzten Sonnenstrahlen, die noch hinter einer Wolke hervorsahen. Ein fremdes, komisches Gefühl kroch in mir hoch. Wie ferngesteuert und magisch angezogen zugleich setzte ich mich in Bewegung. Einen Fuß vor den anderen. Dann sah ich auch die Katze. Starr und unbeweglich saß sie dort.

Plötzlich war die Pfütze riesengroß. Mir war ganz leicht zu Mute. Mein Blick tauchte in die grünen Augen der Katze ein. Mit kleinen Schritten ging ich auf das Wasser zu, ging hinein – und löste mich in ihm auf. Das Gefühl, auf einer Wiese zu liegen und die Sonnenstrahlen auf meinem Gesicht zu spüren, war wunderschön. Schläfrig döste ich vor mich hin. Gut gelaunt hörte ich die stammelnden Worte eines Kleinkindes – dann ein gellender Schrei!

Ich hatte plötzlich das Gefühl, als ob mich zwei Hände schüttelten. Sie versuchten, mich auf die Füße zu stellen! Als ich die Augen aufriss, sah ich in das ängstliche Gesicht meines Vaters. »Kannst du mir sagen, was du hier auf dem Feldweg zu suchen hast? Liegst einfach da und schläfst – das ist doch nicht normal! Oder geht es dir nicht gut? Ist dir schlecht geworden? Antworte, Aaron! Ich habe mir Sorgen gemacht. Es ist mittlerweile schon dunkel. Nach deinem Wutausbruch heute Nachmittag wollte ich nach dir sehen, doch du warst nicht da«, stammelte mein Vater.

Ich schaute ihn nur verwirrt an, wusste keine Antwort auf die vielen Fragen und schwieg.

Zusammen machten wir uns auf den Heimweg. Mit hängenden Schultern ging Vater neben mir her. Er versuchte, das Gespräch wieder in Gang zu bringen. »Ich weiß«, sagte er. »Ich habe dich in letzter Zeit etwas vernachlässigt. Aber es ist für mich nicht leicht, euch allen gerecht zu werden. Für Mutter brauche ich viel Zeit. Greta und du, ihr seid doch schon groß. Vor allen Dingen du, und da dachte ich mir, du machst dein Ding schon.«

Erst tat mir Vater leid. Er hatte es bestimmt nicht einfach. Doch dann wurde ich total sauer auf ihn. Warum überging er dauernd meine Frage danach, was damals passiert ist? Nie gab er mir Antwort! Warum quälte er mich so? Ich hatte schließlich nichts verbrochen.

Aufgeregt wollte ich es noch einmal versuchen, ihm jetzt, in diesem Moment, diese eine Frage zu stellen. Ich versuchte, sie herauszuschreien, doch es ging nicht! Ich erstickte fast daran.

Als wir zuhause ankamen, stand Greta in der hell erleuchteten Haustür. Sie kam mir so ängstlich, so klein und zart vor, dass ich sie spontan in die Arme nehmen wollte. Doch ich tat es nicht. Ich hatte selber ein übermenschliches Verlangen danach, getröstet zu werden.

Ich schaute Vater von der Seite an. Sein Gesicht war blass und seine Haut vor Kummer faltig. Ich konnte ihm ansehen, dass ihm die Sorge um mich im Herzen saß. Die Gefühle, die mir bei diesem Gedanken hochkamen, würgten mir die Luft ab. Heiser und mit belegter Stimme versuchte ich es nun doch noch einmal und fragte zum wiederholten Mal: »Warum, Vater …?«

Doch er schaute mich nur mit wässrigen Augen an, drehte sich um, ging aus dem Zimmer und zog die Tür hinter sich zu.

Greta sah mich erschrocken an. »Aaron, ich habe Angst«, flüsterte sie.

Ich beruhigte sie: »Alles wird gut.«

Der Abend war immer noch sehr warm, die Luft drückend. In meinem Zimmer schob ich die Gardine zur Seite und machte das Fenster weit auf. Die nächtliche Stille legte sich schwer auf meine Brust. Ich fühlte mich einsam und verloren.

Am nächsten Morgen kam Lilli vorbei, um sich von mir zu verabschieden. Greta und ich saßen noch beim Frühstück. »Ich gehe solange zu eurer Mutter ins Wohnzimmer«, rief sie zu uns in die Küche hinein.

Ich stopfte den letzten Bissen von meinem Toastbrot in den Mund und verschluckte mich an der Milch, als Vater hereinkam. Er sah aus, als hätte er, genauso wie ich, eine schlaflose Nacht gehabt. Ich warf ihm einen missmutigen Blick zu und ging eilig durch den Flur auf die Wohnzimmertür zu. Als ich sie gerade öffnen wollte, hörte ich Mutters Stimme!

Fassungslos bekam ich mit, wie sie Lilli nach mir ausfragte. Ihre Stimme klang so fremd, als sie sagte: »Kommt Aaron in der Schule zurecht? Geht es ihm gut? Wann fährt er zu meiner

Schwester nach Bremen?«

Lilli antwortete ihr ganz normal. Ich wusste nicht, was ich machen sollte. Einfach so ins Zimmer hineinplatzen wollte ich nicht. Weggehen konnte ich auch nicht. Also blieb ich stehen und hörte gebannt zu. Dabei hatte ich doch immer geglaubt, Mutter interessiere sich nicht für mich.

Ich muss mit Lilli darüber sprechen, nahm ich mir vor.

Plötzlich ging die Wohnzimmertür auf. Ich zuckte vor Schreck zusammen. Wie ein ertappter Sünder stand ich vor meiner Freundin. Entweder hatte sie es nicht bemerkt, dass ich gelauscht hatte, oder sie konnte es gut verbergen.

Lilli schaute mich kurz an und ging an mir vorbei. Ich tappte wie ein Depp hinterher. In meinem Zimmer angekommen, wollte ich nicht lange darum herumreden. Mit belegter Stimme fragte ich: »Wieso redet Mutter mit dir?«

Lilli zuckte mit den Schultern und betrachtete ihre Fingernägel. »Das ist doch nichts Besonderes, dass ich mich mit deiner Mutter unterhalte. Sie will immer wissen, was du so machst. Komisch ist es schon, denn sie bräuchte dich doch nur zu fragen. Komisch ist auch, dass sie das Gespräch sofort abbricht, wenn du in ihre Nähe kommst. Aber ich denke, das liegt an ihrer Krankheit. So erzählen es die Leute hier in Hagen. Klar ist sie meistens einsilbig und gibt mir nicht immer eine Antwort, aber das ist doch egal. Ich will mit dir zusammen sein und nicht mit deiner Mutter!«

»Ja, schon«, würgte ich hervor und musste vor Aufregung husten. »Aber wundert es dich nicht, dass sie sogar ihren Kopf in eine andere Richtung dreht, um mich nicht ansehen zu müssen? Ich habe ihr doch nichts getan!« Lilli zuckte wieder mit der Schulter.

Ich hatte gerade allen Mut zusammengenommen und wollte mit ihr auch noch über meine Träume und mein Problem reden, da platzte Greta herein und guckte uns verständnislos an. »Was ist los? Habt ihr euch gestritten?«

»Nein, haben wir nicht«, antwortete ich genervt. Es passte mir überhaupt nicht, dass Greta immer ohne anzuklopfen in mein Zimmer kam. Ich würde nie auf die Idee kommen, einfach so bei ihr hereinzuplatzen, wenn sie Besuch hatte. Auch nicht, wenn ich ihren Besuch kannte.

Nun war die Gelegenheit, mit Lilli zu sprechen, wie eine Seifenblase zerplatzt. Meistens verließ mich sowieso der Mut. Und außerdem hatte ich grässliche Angst davor, dass Lilli mich für verrückt hielt und am Ende noch mit mir Schluss machte. Total sauer und schlecht gelaunt, wie ich war, fiel unsere Verabschiedung eher kühl aus. Lilli wusste nicht, was plötzlich mit mir los war. Beleidigt ging sie nach Hause.

IN DER PSYCHIATRIE

Doktor Güldner kommt ins Zimmer und sagt mit einem aufgesetzten Lächeln: »Nun muss also der Berg zum Propheten kommen.«

Mein Mund ist staubtrocken, trotzdem krächze ich: »Ich habe es nicht geschafft, den Flur entlang zu gehen, mir ist schlecht geworden.« Gerade will ich ihm sagen, dass die Tabletten schuld an meinen Zustand sind, doch dazu komme ich nicht mehr. Denn, oh Wunder, er kommt von selber darauf.

»Ab morgen bekommen Sie nur noch eine Tablette am Abend, Herr Bittner. Ich hoffe, wir beide können uns dann besser unterhalten.« Er grinst immer noch kumpelhaft und geht aus dem Zimmer.

Bin wieder alleine. Rauf aufs Gedankenkarussell.

Ich muss eingeschlafen sein. Wie lange ich geschlafen habe, weiß ich nicht. Vielleicht haben mich meine kalten Füße geweckt.

Dunkle, schwarze Nacht um mich herum. Die Tabletten halten meine Angst in Grenzen und machen mich ein bisschen gleichgültig. Doch gegen mein ständiges Grübeln helfen sie nicht.

Ferien in Bremen

In der Nacht vor meiner Fahrt nach Bremen tat ich vor lauter Aufregung kaum ein Auge zu. Es war wieder sehr warm und stickig in meinem Zimmer.

Leise stand ich auf und ging hinaus vor die Haustür und weiter auf dem Feldweg in Richtung See. Nach einiger Zeit drehte ich mich um. Die Bäume versperrten mir mittlerweile den Blick auf unser Haus. Plötzlich verspürte ich den Drang zu laufen – weiter und immer weiter, an der Wegkreuzung vorbei. Die dunklen Bäume machten mir Angst. Im hellen Mondlicht wirkten sie bedrohlich auf mich. Es wirkte, als ob sie nach mir greifen wollten. Am Horizont sah ich langsam den neuen Tag heraufdämmern. Außer Atem kam ich am See an und ließ mich auf die Wiese fallen, die den kleinen Sandstrand vor dem Wasser einsäumte. Die Arme hinter meinen Kopf verschränkt, spürte ich die Stille, die mich umgab. Sie legte sich sanft auf mich und hüllte mich ein. Dann muss ich, vermutlich durch die angenehme Kühle, eingeschlafen sein.

Das Summen der Bienen weckte mich. Zuerst wusste ich nicht, wo ich mich befand. Verwirrt schaute ich auf die Wiesen und Felder – auf den Waldrand. Das alles sah ich, nahm es aber nicht wirklich wahr. Fröstelnd und noch müde machte ich mich mit steifen Gliedern auf den Weg nach Hause.

Vater wartete schon auf mich. Heiß fiel mir ein, dass er mich ja zum Bahnhof nach Erlenbach bringen wollte. Mit zerknittertem Gesicht sagte er leise: »Wir müssen bald fahren, Aaron, der Zug wartet nicht.«

Hastig stopfte ich mir ein Butterbrot in den Mund und würgte es mit einem Glas Milch hinunter. *Vater hat nicht gefragt, wo ich herkomme,* ging mir durch den Kopf. *Ob er sich gedacht hat, dass ich am See war?*

Ich schnappte meine Sachen, die seit zwei Tagen fertig gepackt in meinem Zimmer standen. Vater wartete draußen im Auto. Unschlüssig stand ich vor Mutter, die wie immer in ihrem Sessel saß, und wünschte mir mehr als alles andere, sie möge mich zum Abschied in die Arme nehmen. Doch sie sah durch mich hindurch.

Verzweifelt suchte ich nach Worten. Was sollte ich zu ihr sagen? Ratlos drehte ich mich schließlich um und wollte nach draußen stürmen. Doch wie unter Zwang schaute ich noch einmal zurück, denn ich hatte plötzlich das Gefühl, als ob Mutter mich anschaute. Unsere Blicke begegneten sich. Langsam ging ich ein paar Schritte zurück und auf sie zu. Als ich vor ihr stand, schlüpfte mir ein sehnsüchtiges »Mutter« aus dem Mund. Meine Stimme war kaum mehr als ein Flüstern. Ich hielt den Atem an. Doch sie tat, als hätte sie es nicht gehört, drehte den Kopf zur Seite und starrte aus dem Fenster, während sie weiterhin die Katze streichelte, die mich mit aufgerissenen Augen beobachtete.

Wutentbrannt hätte ich die Katze von ihrem Schoß zerren können, doch der starre, lauernde und warnende Blick aus den grünen Augen machte mich unsicher. Als ich aus dem Haus rannte, erschreckten mich ein paar Spatzen, die schimpfend aus dem Haselbusch flatterten. Am liebsten hätte ich ihnen einen Stein hinterhergeworfen.

Am Bahnhof verabschiedete ich mich von Vater fast ohne Worte. Die ganze Zeit über hatte ich ihn nur wie einen Schatten wahrgenommen. Erleichtert saß ich im Zug und atmete auf. Ich schaute aus dem Fenster und sah Vater in der Sonne auf dem Bahnsteig stehen. Krumm, blass und grau. *Wie ein alter Mann*, dachte ich unwillkürlich.

Der Zug fuhr ab. Mit jedem Atemzug bekam ich das Gefühl, alles Sorgenvolle zurückzulassen, und mit jedem Kilometer fühlte ich mich etwas besser. Es würde wieder ein schöner, sonniger Tag werden. Ich lehnte mich gegen meinen Rucksack, machte die Augen zu und döste vor mich hin. Die gleichmäßigen Geräusche des Zugs ließen mich einschlafen.

Plötzlich weckte mich irgendetwas auf. Ich fühlte einen weichen, warmen Körper, der mir am Arm entlang strich. Schläfrig öffnete ich die Augen. Neben mir saß eine Katze! Panisch sprang ich auf und stieß das Tier so plötzlich von der Bank, dass es sich fauchend darunter verkroch.

»He, was soll das?! Wie gehst du mit meiner Minka um?«, wollte das Mädchen, das vor mir saß, wissen. Ich hatte gar nicht mitbekommen, dass sie zugestiegen war. Verwirrt beobachtete ich, wie sie beruhigend auf ihre Katze einredete. Geduckt und in sich gekrochen saß das Tier da. Es schien mir, als ob es mich hasserfüllt ansah.

Als die Katze wieder in dem Korb unter der Bank saß, schauten mich aus dem Halbdunkel nur noch ihre großen, grünen Augen an. Ich bekam eine Gänsehaut. Wie ein armer Sünder stand ich immer noch auf derselben Stelle und kam mir unheimlich blöd vor. Am liebsten wäre ich in ein Mäuseloch gekrochen, wenn ich hineingepasst hätte, so peinlich war mir die Situation.

»Es tut mir leid, ich habe mich erschrocken, als ich plötzlich deine Katze sah«, stotterte ich dümmlich, während ich mich setzte.

Neugierig schaute mich das Mädchen an, und versöhnt plapperte sie drauflos. »Ich war mit Minka beim Tierarzt und bin jetzt auf dem Weg nach Hause.« Sie schlug ihre Beine, die in knallengen Jeans steckten, übereinander und wippte aufreizend mit der Fußspitze. Der Hauch von einem Oberteil rutschte etwas von ihrer Schulter herunter.

Sie merkte, dass ich sie anstarrte. Es entstand eine unangenehme Pause. Dann sagte sie mit einem strahlenden Lächeln: »Deine Haare gefallen mir. Du trägst sie recht lang und blond. Hast du sie gefärbt?«

Das war mir megapeinlich! Total verlegen wusste ich nicht, wo ich hingucken sollte, und ärgerte mich über mich selber. Ich war doch sonst nicht so schüchtern. Was war nur los mit mir? Das Mädchen schaute mir immer noch ins Gesicht und wartete auf eine Antwort.

Los, Alter, nicht so verklemmt, ermahnte ich mich. »Nein, nein«, stotterte ich. »Ich habe sie nicht gefärbt. Im Sommer sind meine Haare immer so blond.«

Puh, erst einmal Pause. Emmy, so hieß die Süße, war das ganze Gegenteil von meiner Freundin Lilli. Kurze blonde Haare mit viel Gel, sodass sie recht frech aussah mit ihrem zerzausten Kopf. Sie gefiel mir. Sehr sogar!

Wir unterhielten uns über Sport. Dass sie da mitreden konnte, imponierte mir gewaltig, denn die meisten Mädchen hatten nur Mode und Klamotten im Kopf.

Die Fahrt verlief noch recht nett, und wir blödelten ein bisschen rum. Dabei verging die Zeit wie im Flug. Ab und zu schielte ich auf die Katze und dachte, was für ein Dummkopf ich doch war.

Emmy packte eine Schachtel mit Plätzchen aus und hielt sie mir hin. Ich griff danach. Unsere Hände berührten sich. Als wir uns in die Augen sahen, funkte es zwischen uns. Sofort war das warme Gefühl in meinem Bauch. Wir bekamen beide gleichzeitig einen roten Kopf. Das löste eine wahre Lachattacke aus. Ich hielt ihre Hand fest und setzte mich neben sie. Flüchtig fiel mir Lilli ein. Doch trotzig dachte ich: *Sie hätte ja mitkommen können, dann wäre das nicht passiert!*

Bremen – Hauptbahnhof! Emmy und ich stiegen zusammen aus. Es war klar, dass wir uns wiedersehen würden. Wir tauschten die Adressen aus.

»In die Scharnhorststraße musst du«, sagte sie überrascht. »Ich wohne in der Prager Straße, nur vier Straßen weiter!«

Es kam mir seltsam vor, dass sie fast in der Nachbarschaft wohnte. Doch dann freute ich mich darauf, mit ihr in den nächsten Tagen etwas zu unternehmen.

IN DER PSYCHIATRIE

Eine bleiche Sonne schaut in mein Krankenzimmer. Hastig ziehe ich mich an. Der Hunger treibt mich in den Speisesaal. Der Arzt sagt, es liegt an den Tabletten, dass ich immer so hungrig bin.

»Scheiße, Scheiße! Wenn ich aus dem Krankenhaus komme, muss ich schwimmen gehen, bis ich schwarz werde«, murmele ich vor mich hin. »So fett, wie ich jetzt bin, guckt Lilli mich garantiert nicht mehr an!«

Zufrieden stelle ich fest, dass mein Kopf nicht mehr so benommen ist. Es schleicht sich eine klitzekleine Freude in meinen Bauch. Ich gehe über den Flur und setze mich dort auf ein Sofa. Plötzlich tippt mir jemand auf die Schulter. Ich drehe mich um, da steht Lilli vor mir! Total überrascht schaue ich sie an. Lilli zupft verlegen an ihrem Shirt herum und mustert mich. »Hi, Aaron, wie geht es dir?«

»Ähm ... gut, ja, ganz gut«, stottere ich. Was soll ich sonst schon sagen? Vor Hilflosigkeit spüre ich Tränen in meinem Hals. Gott sei Dank kann ich sie herunterschlucken.

»Gehen wir ein bisschen durch den Park? Die Sonne scheint gerade so schön«, flüstert sie. Ich denke: Wenn es ihr hier nicht passt, kann sie ja wieder gehen. Laut sage ich: »Nein, ich glaube, ich bleibe lieber hier.«

Was will sie hier? Habe ich nicht ausdrücklich gesagt, dass mich niemand besuchen soll? Es muss keiner sehen, wie schlecht es mir geht. Und Lilli erst recht nicht. Aber sie will sich sicher selbst davon überzeugen, was ich für ein Schlappschwanz geworden bin, damit sie in der Schule erzählen kann, wie scheiße ich aussehe.

Mir wird schlecht, wenn ich daran denke, wie dieser Lackaffe Lars jetzt wahrscheinlich hinter ihr her ist. Auf so eine Gelegenheit hat er doch nur gewartet. Ihm fallen ja schon die Augen aus dem Kopf, wenn er Lilli nur ansieht. Wenn er sich an sie ran macht, gibt es Ärger. Ich werde ihm so eine reinhauen! Doch jetzt muss ich hier wie ein Idiot rumsitzen und kann nichts machen. Es gelingt mir nicht mal richtig, wütend zu werden. Wie eine Memme könnte ich darüber heulen und vor Traurigkeit zerfließen! Ich bin so mit meinen Gedanken beschäftigt, dass ich mich mit Lilli nicht unterhalten kann.

»Aaron, hörst du mir überhaupt zu?«, fragt sie mich.

Oh Mann! Ich weiß nicht, was sie gefragt hat, und gebe ihr keine Antwort. Sie geht wieder. Ob sie jetzt sauer auf mich ist? Mir laufen die Tränen übers Gesicht. Was bin ich nur für eine Null geworden. Müde schleppe ich mich in mein Zimmer. Irgendwie überstehe ich den restlichen Tag. Lege mich früh ins Bett, um meiner

Lieblingsbeschäftigung nachzugehen: grübeln! Tante Sonja fällt mir ein und meine Ferien in Bremen.

Unbeschwerte Tage mit Emmy

Tante Sonja wartete in der Bahnhofshalle. Als sie mich sah, rannte sie auf mich zu. Sie strahlte über das ganze Gesicht und drückte mir zur Begrüßung bald die Lunge aus dem Hals.

»Mein Junge«, flüsterte sie mir ins Ohr. Mensch, war mir das peinlich!

Emmy und meine Tante kannten sich flüchtig als Nachbarn.

Zusammen machten wir uns auf den kurzen Weg bis zur Scharnhorststraße. Ich trug sogar den Katzenkorb mit Minka! Richtig gut ging es mir dabei nicht. Aber anschließend war ich stolz, dass ich es geschafft hatte.

Ich nahm Emmy in den Arm. Wie gut sich das anfühlte. Meine Tante schmunzelte. Wir verabredeten uns gleich für den nächsten Tag.

Die Gedanken waren leicht, ich fühlte mich frei, und Tante Sonja war selig. »Jetzt werde ich dich mal wieder so richtig verwöhnen«, lachte sie fröhlich.

Die Träume, der Feldweg, die Wasserpfütze und die Katze waren weit weg. Ich freute mich auf unbeschwerte Tage in Bremen. Da das Wetter nicht mehr so heiß war, wollten Emmy und ich viele Radtouren unternehmen.

An einem besonders schönen Tag planten wir, zum Teufelsmoor zu fahren. Ich nahm reichlich zu essen, eine Decke und Badesachen mit.

»Vielleicht können wir irgendwo schwimmen gehen, das wäre total genial«, freute ich mich. *Im Schwimmen macht mir so schnell keiner was vor. Da werde ich sie abziehen und kann damit ein bisschen angeben*, dachte ich voller Vorfreude.

»Pass gut auf dich auf, mein Junge«, konnte sich Tante Sonja nicht verkneifen.

»Bin doch kein kleines Kind mehr«, grummelte ich grinsend.

Ich holte das Rad aus dem Keller und fuhr gut gelaunt los. Vier Straßen weiter bog ich, wie die letzten Male auch, in die Prager Straße ein. Vor Emmys Haus blieb ich stehen und wartete auf sie.

Als ich mich umdrehte, sah ich ihre Katze Minka auf der Mauer sitzen. *Peng* machte es in meinem Kopf, und das altbekannte flaue Gefühl breitete sich in meinem Bauch aus. »Cool bleiben«, flüsterte ich vor mich hin. Doch ich schaute wie hypnotisiert in die Augen der Katze. Sie hielten meinen Blick fest. In Zeitlupe ging ich auf sie zu. Ich begann zu frösteln. Gedankenfetzen huschten vorbei. Kinderlachen – eine bunte Blumenwiese …

»Aaron, was machst du?«, hörte ich wie durch Watte. Ich bekam einen Schubs in den Rücken und sah mich erschrocken zu Emmy um. Völlig fertig hockte ich mich auf die Treppenstufen und stützte meinen Kopf mit den Händen. Diese

Visionen machten mir Angst und verwirrten mich total.

Emmy setzte sich neben mich. Wir schwiegen eine Weile. »Warum reagierst du so heftig, wenn du einer Katze begegnest?«, fragte sie schließlich. »Magst du sie nicht leiden?«

Mein Hals war wie zugeschnürt. Ich schüttelte den Kopf und flüsterte heiser: »Es ist nichts. Komm, lass uns losfahren.«

Mühsam radelte ich hinter Emmy her, die wie der Teufel in die Pedale trat. Meine Beine waren bleischwer. Ich musste mich anstrengen, um mit ihr mitzuhalten. Warum fuhr sie so schnell? Wollte sie mich loswerden? Sie dachte sicher, ich hätte einen an der Klatsche. Sie war sportlich gigantisch drauf!

Damit sie mich nicht ganz abzog, strampelte ich mich mächtig ab. Wir fuhren die Schwachhauser Heerstraße entlang, kamen zur Marcus Allee und schoben unsere Fahrräder zum Botanischen Garten. Das Teufelsmoor musste noch warten, es war zu weit weg. Die gut gelaunten, fröhlichen Menschen, die uns begegneten, und die Pracht der Blumen mit ihrem Duft, den sie verströmten, bemerkte ich nicht. Lustlos schlurfte ich neben Emmy an den Beeten vorbei. Die bisherige Vertrautheit zwischen uns wollte sich diesmal nicht einstellen. Vor lauter Grübeln machte ich mir keine Gedanken, wie ich mit meinem Verhalten auf sie wirken könnte. Immer noch schweigend setzten wir uns auf eine Bank. Die milde Luft, das Gezwitscher der Vögel, die freie Zeit und Emmy neben mir entspannten mich allmählich. Meine Gedanken wurden klarer, und die gute Laune kam langsam zurück. Ich versöhnte mich mit dem Tag.

Emmy versuchte ein paar Mal, mich zum Reden zu bringen. Sie wollte wissen, was mit mir denn los wäre. Die Angst, für verrückt gehalten zu werden, machte es mir aber unmöglich, über meine Träume zu sprechen.

Ziemlich früh am Nachmittag kamen wir wieder zurück. Wir saßen noch eine Weile vor Emmys Haustür. Als ich mich dann verabschiedete, küsste sie mich auf den Mund und verschwand, ehe ich reagieren und nach ihr greifen konnte. Alleine mit meiner Lust auf ihren genialen Körper machte ich mich auf den Weg zur Scharnhorststraße. Dabei musste ich mich zwingen, nicht nach Emmys Katze zu suchen.

In der darauffolgenden Nacht schlief ich nicht gut. Meine üblichen Träume plagten mich. Ich meinte, schrille Schreie zu hören. Am anderen Morgen schleppte ich mich zum Frühstücken in die Küche. Tante Sonja hatte natürlich sofort gemerkt, dass mir nicht gut war.

»Du hast schlecht geschlafen, hab ich recht, mein Junge? Du warst ziemlich unruhig, hast fürchterlich gestöhnt und gejammert. Ich war in deinem Zimmer und habe dich geweckt. Danach hast du ruhig weitergeschlafen. Was ist los mit dir? Hast du Sorgen? Ist was mit der Schule oder bist du krank? Tut dir was weh?« Sie fragte und fragte, bis ich laut »Hör auf!« rief. Verblüfft starrte sie mich an, als wolle sie hinter meiner Stirn die Gedanken lesen.

Das ist die Gelegenheit, dachte ich, und die Frage platzte regelrecht aus mir heraus: »Was ist damals mit Mutter passiert, und warum musste Kathi sterben? Tante Sonja, sag es mir, sonst werde ich verrückt! Hat es etwas mit mir zu tun? Ich glaube, Mutter kann mich nicht leiden. Eigentlich ist nichts, und doch passiert etwas mit mir, was mir Angst macht. Es quälen mich merkwürdige Träume, die ich nicht verstehe.«

Tante Sonja setzte sich kerzengerade auf ihren Stuhl. Sie wollte wohl Zeit gewinnen. An ihrem Gesicht konnte ich ablesen, wie ihre Gedanken durcheinanderwirbelten. Mit diesen Fragen hatte sie nicht gerechnet. Sie merkte, dass ich mit den Tränen kämpfte, und schluckte die wohl erst einmal geplante abweisende Antwort hinunter.

»Aaron, lass mir noch ein wenig Zeit. Ich muss erst mit deinem Vater sprechen. Als damals dieses Unglück mit Kathi passierte, musste ich ihm versprechen, nicht darüber zu reden. Er will nicht, dass du es erfährst. Dein Vater ist der

Meinung, dass du dich dann in irgendeiner Form schuldig fühlen könntest. Er meint, dich durch sein Schweigen zu schützen. Ich bin zwar anderer Meinung, muss das aber akzeptieren. Verstehst du das, mein Junge?«

Meine Schultern fielen nach vorne, und der Kopf sank auf meine Brust. Man hatte mich die ganzen Jahre nur vertröstet. Warum sollte ich gerade jetzt eine Antwort bekommen?

»Hab doch Vertrauen zu mir«, sagte Tante Sonja beschwörend. Ich hätte ihr so gerne geglaubt.

IN DER PSYCHIATRIE

»Guten Morgen, Herr Bittner. Ich hoffe, Sie haben gut geschlafen«, trompetet irgendein Elefant in mein Zimmer hinein. *Wieso verläuft er sich ausgerechnet zu mir*, denke ich noch sehr müde. Ich blinzele und stelle fest, dass dem Elefanten der Rüssel fehlt. Na, das hätte ich mir ja denken können. Es ist die laute Pflegerin.

»Herr Bittner, nach dem Frühstück haben Sie ein Gespräch bei Doktor Güldner«, verkündet sie. »Dieses Mal fallen wir aber nicht wieder um!«

Sie will wohl witzig sein. Ich wundere mich, dass ich mich über das »wir« ärgere. Doch unsinnigerweise macht es mich gleichzeitig glücklich. Lange habe ich dieses Gefühl vermisst.

Ich stehe unter der Dusche, und ich bemerke, dass mir das Waschen nicht mehr lästig ist. Im Gegenteil, ich fühle mich gut dabei. Dann denke ich nur noch an mein Frühstück. Etwas anderes hat im Moment keinen Platz in meinem Kopf. Erst als alles im Magen gelandet ist, fällt mir ein, dass ich einen Termin habe. Ich muss mich beeilen, damit ich nach dem Gespräch beim Arzt weiterdenken kann.

Ich gehe zum Doc rein. Er guckt mich an und zeigt mit unbewegter Miene auf den freien Stuhl. Wie mich das alles ankotzt!

»Herr Bittner, Sie müssen mitarbeiten, sonst

kommen wir nicht weiter. Sprechen Sie aus, was Sie bedrückt. Sie sperren sich gegen eine Therapie.«

Wow, er hat seine Sprache wiedergefunden. Ich stottere: »Aber … aber ich sperre mich nicht. Ich bin doch ganz …«

Ja, was bin ich denn? Normal? Bin ich nicht! Ich fange an zu schwitzen, weil ich dem Doc wieder nichts von meinen Träumen erzählen kann! Es ist, als ob ich tatsächlich eine innere Sperre hätte.

Ich starre vor mich hin und merke, dass der Arzt mich beobachtet.

»Aaron, gehen Sie bitte jeden Morgen in die Gruppe und versuchen Sie, aktiv mitzuarbeiten. Sonst können wir Ihnen hier nicht weiterhelfen.«

»Heißt das, ich soll meine Probleme vor allen Leuten ausbreiten? Das mache ich nicht!«

Meine Gedanken überschlagen sich. Wenn ich schon bei ihm nicht darüber sprechen kann, kann ich es bei wildfremden Leuten erst recht nicht. Und zwingen kann er mich nicht! So richtig weiß ich sowieso nicht, was ich sagen soll. Das Gerede der Psychologen begreife ich kaum, und die Probleme der anderen Patienten interessieren mich nicht!

Doktor Güldner steht auf. Seine Audienz scheint endlich zu Ende zu sein. Ohne ein Wort zu sagen schlurfe ich unzufrieden in mein

Zimmer. Um mich abzulenken, denke ich an Tante Sonja und Emmy.

Der Bürgerpark in Bremen

Das Wetter war wie geschaffen für eine weitere Fahrradtour mit Emmy. Dieses Mal sollte es in die andere Richtung gehen. Die Schwachhauser Straße entlang zur Hollerallee und in den Bürgerpark. Wir wollten uns mit einigen Freunden von Emmy treffen, um Handball zu spielen. Ich freute mich darauf.

Wir waren zu früh da und nutzten die Zeit, um ein bisschen zu knutschen. Mit großem Hallo kreuzten ihre Freunde 10 Minuten später auf.

»Und das ist Aaron!«, rief Emmy in die Runde. Die Leute waren nett. Vor allem einige Mädchen. Ich musste grinsen, denn Emmy hatte meine Blicke bemerkt und beobachtete mich eifersüchtig. Wir losten die Mannschaften aus, indem wir Stöckchen zogen. Handball war genauso mein Ding wie Schwimmen.

Billy aus unserer Mannschaft sagte nachher anerkennend zu mir: »Du bist ein verdammt guter Spielmacher.« Das hatte uns zwar nicht zum Sieg verholfen, aber mir mehrmals ein gigantisches Lob eingebracht. Anschließend hockten wir auf der Wiese und quatschten über Gott und die Welt. Es war ein toller Nachmittag. Ich fühlte mich einfach nur gut.

Einer nach dem anderen verkrümelte sich schließlich, nur Emmy und ich blieben noch. Erst knutschten wir wieder, dann döste Emmy vor sich hin, und ich schlief ein.

Ich träumte, hinter meinem Elternhaus auf der langen Wiese zu liegen. Schläfrig beobachtete ich ein Kleinkind, wie es unbeholfen die ersten Schritte tat und fröhlich vor sich hinplapperte. Die Sonne schien mir warm ins Gesicht, sodass ich die Augen schließen musste. Plötzlich hörte ich einen gellenden Schrei, der sich mit der Sirene eines Krankenwagens mischte und wie ein Stromschlag durch meinen Körper jagte. Mich überkam ein unbeschreibliches Gefühl. Es war eine Mischung aus Heimweh, Panik, Übelkeit und Angst. Das verzerrte Gesicht meiner Mutter tauchte schemenhaft vor meinem geistigen Auge auf, wechselte mit einem Kindergesicht, wächsern und bleich. Wieder wechselte das Bild. Eine Katze mit ihren grünen Augen kam immer näher und näher … Sie hatte das Maul weit aufgerissen. Ich sah, wie ihre Eckzähne in die Länge wuchsen. Der Speichel tropfte auf mein Bein und verbrannte mich. Die Schmerzen waren kaum mehr auszuhalten.

Plötzlich schaute mich Vater durchdringend an. Seine Augen glühten schwarz und in kreischend hoher Kinderstimme rief er: »Du bist schuldig!«

Ich wollte schreien: »Sag mir doch, warum? Was habe ich getan?« Doch ich bekam keinen

Ton heraus. Im nächsten Moment wechselte seine Augenfarbe von Schwarz zu Giftgrün, und ich glaubte, darin zu ertrinken.

Eine aufgeregte Stimme holte mich aus meinem Albtraum zurück in die Wirklichkeit.

»Jemand muss einen Krankenwagen rufen. Mit dem Jungen stimmt etwas nicht. Sicher so ein Junkie!«

»Rede schon, Mädchen«, sagte eine andere Stimme, »was hat er eingenommen?!«

Oh nein, dachte ich, setzte mich auf und schaute auf Emmy, die vor mir im Gras kniete. Ihr liefen die Tränen über das Gesicht. »Bitte, Aaron, sag etwas. Die Leute rufen sonst den Krankenwagen!«

»Was ist mit dir, Junge?«, fragte eine ältere Frau. »Hast du was genommen? Du siehst nicht aus wie ein Junkie. Antworte mir!« Sie nahm mich bei den Schultern und rüttelte mich. Hastig wand ich mich aus ihrem Griff und stand auf. Ich konnte mich kaum auf den Beinen halten, so schwindelig und übel war mir. *Gleich kotzt du den Leuten vor die Füße,* war mein einziger Gedanke. So gut ich konnte, versicherte ich allen, dass es mir gut ginge und ich nur geträumt hätte.

Hämisch meinte ein Mann: »Das kennt man ja. Was lernen wollen diese Jugendlichen nicht, aber den ganzen Tag faul rumlungern, das können sie!«

Die ältere Frau fauchte ihn an: »Es sind Sommerferien, da werden sich die jungen Leute doch ausruhen können!«

Jetzt kriegten sich die Erwachsenen wegen mir in die Haare! Nervös sah ich mich um. *Nichts wie weg hier.* Während noch diskutiert wurde, packte Emmy ihre Sachen ein. Hektisch stopfte ich auch meine wahllos in den Rucksack, sprang aufs Rad und fuhr hinter ihr her. In der Prager Straße angekommen, stürzte ich fast vom Rad, so fertig war ich. Erschöpft ließ ich mich auf die Eingangsstufen vor Emmys Haus plumpsen und atmete erst einmal tief durch. Emmy zögerte. Jetzt wollte sie bestimmt wissen, was mit mir los war. Wahrscheinlich wurde ich ihr langsam unheimlich. Dass sie mich cool fand und gerne mit mir zusammen war, hatte ich ganz deutlich gemerkt. Doch das seltsame Verhalten, das ich an mir hatte, irritierte sie gewaltig. Sie glaubte sicher, dass ich verrückt wäre.

»Aaron, was ist mit dir los? Bist du krank? Vertrau mir doch und rede mit mir darüber. Ich plappere es bestimmt nicht aus. Versprochen!«

Müde lächelte ich und sagte betont gelangweilt: »Ich schlafe nachts nicht gut. Das ist alles.«

Minka kam um die Ecke. Schnell sprang ich auf, schnappte mein Fahrrad und fuhr davon.

»Aaron«, hörte ich Emmy rufen.

Ich drehte mich noch einmal um und sah, wie

sie verblüfft hinter mir her starrte.

Früher als geplant kam ich nach Hause. Noch im Flur hörte ich, wie Tante Sonja telefonierte. Sie hatte den Lautsprecher eingeschaltet und schwang während des Gesprächs ihr Bügeleisen. Unfreiwillig bekam ich mit, wie Vater gerade sagte: »Sicher habe ich gemerkt, dass Aaron sich verändert hat. Das hat was mit seiner Entwicklung zu tun.«

Empört dachte ich: *Das behauptet er tatsächlich allen Ernstes? Die Erwachsenen machen es sich mal wieder verdammt einfach, wenn sie nicht mehr weiterwissen!*

Bevor ich in mein Zimmer ging, hörte ich ihn noch sagen: »Sonja, ich will auf keinen Fall, dass du mit ihm darüber sprichst!«

Über was, dachte ich und verkroch mich traurig in meinem Bett.

IN DER PSYCHIATRIE

Hungrig wie immer stolpere ich in den Speisesaal und schaue mich um. Es sitzt nur ein dünnes Mädchen drüben am Fenster. Ihr Frühstück scheint unberührt. Komisch, dass ich sie noch nie bemerkt habe.

Was ich eben für einen Pullover mit langen weißen Ärmeln hielt, sieht aus wie ein Verband. Das Mädchen ist an den Armen verletzt! Sicher ein Unfall. Jetzt guckt sie zu mir herüber und dann schnell wieder weg. Meinetwegen – ich will sowieso meine Ruhe haben.

Ich schlinge das Essen in mich hinein und gehe zurück auf mein Zimmer. Auf dem Flur begegnet mir die Pflegerin. Sie ist vom Elefanten zur Henne mutiert! Gackernd sagt sie: »Der Herr Doktor wartet auf Sie, Herr Bittner!«

Ich mache mich auf den Weg dorthin und komme an der Sitzgruppe im Flur vorbei. Die Frau und der Mann, die sich dort aufhalten, geben mir keine Gelegenheit zu grüßen. Sie bemerken mich nicht einmal. So, wie die aussehen, sind sie mit Tabletten zugedröhnt.

Ich sitze dem Doc gegenüber und merke gleich, dass er heute sein Talent nutzt, um mir die Würmer aus der Nase zu ziehen. Dabei kann er mir sowieso nicht helfen. Wie will er meine Fragen beantworten? Der, der es könnte, ist ja nicht hier. Plötzlich stürmt die Pflegerin herein und ruft Doktor Güldner zu einem Notfall, und ich gehe auf mein Zimmer.

Es ist Kaffeezeit. Ich quäle mich über den Flur zum Speisesaal. Es geht mir nicht gut. Ich habe meine Schmutzwäsche mitgenommen. Die Krankenschwester besteht darauf, dass ich sie persönlich in den Wäscheraum bringe. Das dünne Mädchen kommt an mir vorbei. In meinen Ohren dröhnt es, und ich schwanke, als ob ich besoffen bin. Ich muss mich festhalten. Sie stützt mich … ist mir das unangenehm.

Wir setzen uns in die Sessel. Geht's?«, fragt sie.

Ich nicke.

»Soll ich mit zum Wäscheraum gehen?«

Ich nicke wieder, denn wie soll ich sonst dahin kommen? Beim Aufstehen halte ich mich an ihr fest und berühre ihre bandagierten Arme. »Entschuldigung, habe ich dir wehgetan?«, stammele ich erschrocken.

»Nein, es tut nicht mehr weh«, sagt sie.

»Hattest du einen Unfall?«

»Nein, ich schneide mich, deshalb haben sie meine Arme verbunden!«

»Wie – du schneidest dich?«, höre ich mich dümmlich fragen.

»Bring erst deine Wäsche weg. Ich erkläre es dir ein anders Mal«, flüstert sie und geht davon.

Die Scheißwäsche ist mir im Moment egal. Ich kann nicht schnell genug auf mein Zimmer kommen. Mir ist grottenschlecht, ich muss mich hinlegen. In der Nacht werde ich wach. Ich höre jemanden weinen. Diese Gelegenheit nutzen meine Gedanken und stürzen sich mit voller Wucht auf mich.

Der Freimarkt

Der Freimarkt in Bremen! Ich hatte mich tierisch darauf gefreut, zusammen mit Emmy dorthin zu gehen. Erwartungsvoll schlenderten wir erst an der Schnoor entlang und anschließend weiter in Richtung Freimarkt.

Mhm – es roch nach Rauch, nach gebratenen Würstchen und Fleisch. Nach gebackenem Brot und Gewürzen. Als Mutter vor ungefähr zwei Jahren in einer psychosomatischen Klinik war, haben Vater, Greta und ich Tante Sonja in Bremen besucht. Damals gingen wir auch auf den Freimarkt. Greta entdeckte auf einem Verkaufstisch eine Schachtel, beklebt mit bunten Steinen und silbernen Litzen. Sie wollte unbedingt diese Schachtel haben, die Vater ihr dann kaufte. Und genau so eine Schachtel fiel mir auf, bevor Emmy sie sah. Schon zog sie mich begeistert zu dem Verkaufsstand. Mit leuchtenden Augen hielt sie die Schachtel in den Händen.

Schmunzelnd bezahlte ich und schenkte ihr das Kästchen. »Zur Erinnerung an die schöne Zeit, die wir miteinander verbracht haben«, sagte ich ein wenig zu erwachsen.

Eine kleinere Schachtel, geformt wie ein Kleeblatt, kaufte ich zusätzlich.

Neugierig fragte Emmy: »Wem willst du sie schenken?«

»Meiner Mutter!«, sagte ich, ohne zu überlegen. Erschrocken und gleichzeitig überrascht darüber, wie selbstverständlich das aus meinem Mund kam, schaute ich zu ihr. Sie gab sich mit meiner Antwort zufrieden, denn sie wusste ja nichts von dem angespannten Verhältnis zwischen Mutter und mir.

Der Strom der Menschen zog uns mit sich fort. Glücklich und eng umschlungen ließen wir uns weiter treiben. Langsam ging die Sonne unter. Der beginnende Abend brachte keine Erfrischung, es blieb drückend und schwül. Als wir wieder in der Prager Straße ankamen, setzte ich mich auf die Mauer vor Emmys Haustür. Ich zog sie zwischen meine Beine. Vertraut lehnte sie ihren Rücken an meinen Bauch. Ihre stacheligen Haare kitzelten mich im Gesicht, deshalb stützte ich mein Kinn auf ihre Schulter. In der Dämmerung fühlte ich mich mit ihr zusammen wohl. Ich genoss ihre Nähe. Wir beobachteten die Glühwürmchen, die über dem verdorrten Vorgartenrasen tanzten. Es war schon nach Mitternacht, als wir uns trennten.

Ich hatte gehofft, ich würde in Bremen vor den Träumen verschont bleiben, doch leider kamen sie nun immer öfter. Wenn ich alleine war, mied ich die Dunkelheit. Lag ich im Bett, hatte ich die größte Angst vor dem Schwarz der Nacht. Mir schien, als ob sie wie zäher Brei durchs Fenster hereinkroch, um mich zu begraben. Beklommen kämpfte ich dagegen an und wartete darauf, dass endlich der Tag mit seiner Helligkeit die Nacht vertrieb. Früher hatte mir das nie etwas ausgemacht! Im Gegenteil, ich freute mich, so früh aufzuwachen. Genüsslich drehte ich mich dann auf die andere Seite und konnte mit einem guten Gefühl weiterschlafen. Jetzt fürchtete ich mich sogar vor dem Einschlafen. Denn durch die seltsamen Schreie, die ich in der Nacht hörte, schlief ich so schlecht, dass ich am anderen Tag hundemüde war.

Meine gute Laune war plötzlich wie weggeblasen. Ich hing nur mürrisch herum, hatte kaum Lust, etwas zu unternehmen. Das Wetter war umgeschlagen, es regnete endlos, was meine Traurigkeit noch verstärkte.

Tante Sonja war ratlos. Emmy kam fast jeden Tag, um mich zu besuchen. Manchmal merkte ich nicht, dass sie da war. Und wenn ich sie bemerkte, war sie mir sogar lästig. Ich sah die Tränen in ihren Augen, auch wenn sie das Gesicht schnell zur Seite drehte. Ab und zu regte sich so etwas wie Mitleid in mir, das sich schnell wieder in Luft auflöste. Die Gleichgültigkeit überschwemmte mich. Wie es ihr dabei ging, war mir total egal. Immer wieder versuchte Emmy mich aufzumuntern, konnte es aber kaum verhindern, dass ich mich in der Wohnung verkroch. Tante

Sonja wollte mir sogar wegen ihr ein schlechtes Gewissen einreden, nur um eine Reaktion von mir zu bekommen. Das Mädchen tat ihr leid. Doch ich war antriebslos und wollte nur in Ruhe grübeln. Meine Abreise rückte näher, und mit jedem Tag fühlte ich mich schlechter.

IN DER PSYCHIATRIE

Mein gieriger Hunger weckt mich pünktlich. Dieses Mal gehe ich ohne zu duschen in den Speisesaal. Stürze mich auf das Frühstück und schlinge es hinunter. Die blöden Tabletten – ich fresse mich noch kugelrund! Bevor ich den Speisesaal verlasse, sehe ich mich um. Das dünne Mädchen sitzt wieder am Fenster.

Mühsam schlurfe ich zu ihr hin. Heute Morgen bin ich wahrscheinlich wieder achtzig. Wir beide sitzen nur so da. Keiner sagt etwas. Doch die Neugierde lässt mir keine Ruhe. Ich frage dann doch: »Wie hast du das gemeint – *ich schneide mich*?«

»Ich heiße Tina!«

Ich nenne ihr meinen Namen.

»Wenn der Druck hier drinnen«, sie zeigt auf ihre Brust, »zu groß wird, muss ich mich schneiden. Dann nehme ich ein Messer und ritze meine Haut. Erst wenn ich das Blut sehe, ist der Druck raus und es geht mir besser!«

»Aber … warum schneidest du dich?«, stottere ich erschrocken. »Man schneidet sich doch nicht so einfach!«

»Ich weiß es nicht. Die Ärzte sagen, dass es psychisch ist. Die Seele will das so und Punkt.«

Wieder sage ich, dass ich es nicht verstehe.

»Es ist doch ganz einfach«, meint Tina. »Ich

habe einen an der Klatsche!« Jetzt müssen wir beide lachen. O Wunder. Wie viele hundert Jahre ist es her, dass ich gelacht habe? Es treibt mir die Tränen in die Augen. Ich schäme mich nicht mal dafür.

Tina fasst meine Arme an. Im ersten Moment glaube ich, dass sie etwas von mir will. Ich schalte sofort auf Abwehr. Doch sie streift mir nur die Ärmel hoch, schaut sich meine Arme an, streicht darüber und fragt: »Warum bist du hier?«

Ich rücke von ihr ab. Während ich mein T-Shirt wieder zurechtziehe, sage ich verlegen, dass ich mich nicht schneide, sondern Albträume habe.

Tina ist völlig erstaunt! »Ach ja? Und warum, wenn ich fragen darf? Deshalb kommt man in die Klapse? Das glaube ich nicht!«

Ich schlucke und fühle mich, als ob ich schwindeln würde. Unruhig rutsche ich auf meinem Stuhl hin und her, dann erkläre ich ihr meine Träume. Dass mich Katzen mit glühenden, grünen Augen verfolgen, bei Tag und Nacht, und dass ich grelle Schreie höre. Plötzlich verstumme ich verblüfft. Ich kann es kaum fassen – ich habe tatsächlich über mein Problem gesprochen! Es kam wie von selbst über meine Lippen!

Tina grinst und flüstert: »Du hast auch einen an der Klatsche, stimmt's?«

Ich sollte jetzt wieder lachen, denke ich. Es

gelingt mir nicht. Eine leichte Übelkeit schnürt mir den Hals zu.

Beide schleichen wir bedrückt auf unsere Zimmer. Der Gedankenausflug hat mir gutgetan. Ich nehme mir vor, Tina zu fragen, was das für eine Krankheit ist, sich zu schneiden!

Die letzten Tage in Bremen

Ich presste die Hände fest auf meine Ohren, doch es half nichts. Der Schrei war in meinem Kopf. Langsam wurde er leiser – hörte auf.

Dann sah ich die Monsterkatze. Sie kam näher … und näher …

»Aaron!«

Das Ungeheuer zerrann, ich wachte auf und spürte, dass mir die Sonne ins Gesicht schien. Tante Sonja stand an meinem Bett. »Du hast wieder geträumt«, sagte sie, als ich mich schweißnass aufsetzte. Ihr Gesicht sah zerknittert aus, als ob sie die ganze Nacht nicht geschlafen hätte. Besorgt schaute sie mich an. Als sie aus meinem Zimmer ging, schüttelte sie den Kopf und murmelte vor sich hin: »Ich muss unbedingt mit Wolfgang sprechen, so kann es nicht weiter gehen.«

Tante Sonja hatte Vater schon so oft gebeten, das Geheimnis unserer Familie zu lüften und es mir zu erzählen. Sie müsste wissen, dass sie bei ihm auf taube Ohren stieß. Er saß auf diesem Geheimnis wie auf einem Goldschatz, ärgerte ich mich.

Die letzten Tage in Bremen. Normalerweise hätte ich Emmy gefragt, ob wir uns wiedersehen. Ich spürte, dass sie es wollte. Doch meine Gedanken waren nur mit meiner elenden Situation beschäftigt. Der Feldweg, die Pfütze und die Katze tauchten immer öfter in meinem Kopf auf. *Was wird nur werden, wenn ich zuhause bin? Quälen mich die Träume wieder am Tag und in der Nacht? Diese verfluchten grünen Augen, werden sie mich denn überall hin verfolgen? Warum hilft mir denn keiner?*

Die vorletzte Nacht in Bremen schien mir die längste aller Nächte zu sein. Erst konnte und konnte ich nicht einschlafen. Ich lag da, starrte an die Zimmerdecke und horchte in mich hinein. Ich hatte den Eindruck, dass der Mond, der in mein Fenster schien, mich böse und schadenfroh beobachtete. Bei diesem stundenlangen Wachliegen türmten sich die angstvollen Gedanken zu einem riesigen Berg auf, und Sekunden wurden zur Ewigkeit. Als der Morgen dämmerte, schlief ich endlich ein.

Am Abend vor meiner Abreise saß ich mit Tante Sonja auf der Terrasse. Sie hatte mir eine heiße Milch mit Honig gemacht. »Damit du die letzte Nacht in Bremen gut schläfst, mein Junge«, sagte sie. Dann holte sie tief Luft und begann zu erzählen.

»Aaron, ich habe versprochen, dir eine Antwort auf deine Fragen zu geben. Es ist nicht so einfach, wie du dir sicher denken kannst. Damals ist etwas passiert … Du könntest dich schuldig fühlen, wenn du es weißt.«

Hastig fragte ich dazwischen: »Habe ich meine Schwester Katharina umgebracht, Tante Sonja?«

Sie prallte förmlich zurück und ließ sich mit der Antwort Zeit. Dann sagte sie: »Nein, nein Aaron, das darfst du nicht denken! Es ist ganz anders!« Sie machte eine lange Pause, bevor sie weitersprach. »Dein Vater hat mich von dem Versprechen, das ich ihm damals geben musste, nicht entbunden. Ich kann dir nur wenig dazu sagen. Also … Deine Mutter hatte ein kleines Mädchen geboren – Katharina. Ein allerliebstes Kind. Du warst, glaube ich, gerade drei Jahre alt. Ihr wart die glücklichste Familie, die ich kannte, und wenn ich ehrlich bin, war ich etwas neidisch darauf. Du hast deine Schwester nicht aus den Augen gelassen, so verliebt warst du in die Süße und keine Spur eifersüchtig! Deine Mutter bezog dich bei der Pflege der Kleinen mit ein, was ihr hervorragend gelang. Sie hatte dabei aber vergessen, dass du auch nur ein kleines Kind warst.« Tante Sonja hörte auf zu reden und machte wieder eine lange Pause. Ich rutschte auf dem Stuhl hin und her und hing an ihren Lippen. Sollte das Rätsel endlich gelöst werden? Sollte ich wieder normal leben können, ohne Ängste und quälende Träume? Ich hoffte es so sehr.

Dann sprach sie leise weiter. »Du musst mir glauben, Aaron, deine Mutter liebt dich über alles. Diese schreckliche Krankheit, die sie gefangen hält, lässt sie so reagieren. Bitte, lass es jetzt gut sein und gib dich damit zufrieden. Sonst muss ich mein Versprechen brechen, und das willst du doch nicht, mein Junge, oder?«

Dann war der Abschied da. Emmy klammerte sich an mich, als ob sie spürte, dass wir uns nicht mehr wiedersehen würden. Tränen liefen ihr über das Gesicht. Sie schluchzte so laut, dass ich erschrocken zusammenzuckte. »Bitte versprich mir, dass du mir schreibst«, bettelte sie. Halbherzig sagte ich zu. Dann saß ich unausgeschlafen, total enttäuscht und fertig im Zug. Ich sah noch einmal aus dem Fenster, um meiner Tante zuzuwinken. Emmy stand traurig an der Bahnhofstür. Sie hob kurz ihre Hand, drehte sich um und ging ins Bahnhofgebäude hinein. Mit einem schlechten Gewissen fuhr ich heim. Dieses Mal war ich auch in Bremen nicht wirklich glücklich gewesen. Es hätte so schön sein können. Emmy, mit ihren zerzausten blonden Haaren. Sie war einfach süß! Ich erinnerte mich an den Erdbeergeschmack ihrer Lippen und an den Geruch ihrer Nähe …

Wenn nur die schrecklichen Träume nicht gewesen wären.

IN DER PSYCHIATRIE

Mittlerweile sehe ich auch die anderen Patienten. Es sind viele in meinem Alter dabei. Und ich bin in Gedanken mal ausnahmsweise nicht mit meinem Problem beschäftigt.

Langsam gehe ich durch den Park, um mich mit Tina zu treffen. Da ich zu früh bin, schaue ich mich ein wenig um. Man könnte meinen, hier sei heile Welt. Alte Bäume, verschlungene Wege. Nur Vogelgezwitscher stört die Ruhe. Auf dem Gelände stehen die Klinik, die Tagesklinik, Ärztehäuser, eine Kirche, sogar einen Kindergarten für die Kinder der Angestellten und einen Friseur gibt es hier. Wie ein kleines Dorf. Die Tagesklinik steht etwas abseits. Wenn man dort Patient ist, darf man abends wieder nach Hause.

Ich muss aufpassen, dass ich mich nicht verlaufe.

Tina ist da und wir schlurfen nebeneinander her. Als ich sie wieder nach ihrer Krankheit – dieser komischen Schneiderei – frage, bleibt sie eine ganze Zeit stumm. Und dann erzählt sie plötzlich und mit hastigen Worten, dass ihr Stiefvater sie jahrelang missbraucht hat. So ein Mist, eigentlich will ich das gar nicht hören, aber das kann ich ihr ja nicht sagen. Also höre ich ihr gezwungenermaßen zu. Denn ich habe sie ja schließlich gefragt.

Sie spricht sehr leise. Ich muss mich

anstrengen, um sie zu verstehen. »Ich war noch klein, als mein Stiefvater zu uns gezogen ist. Mutter ging morgens früh zur Arbeit. Wenn sie weg war, rief er freundlich und lieb: *Komm spielen, Tinchen.* Was er mit mir spielte, daran erinnere ich mich nicht mehr, nur an seinen komischen Gesichtsausdruck. Nach einiger Zeit wurde er aufdringlicher. Er wollte, dass ich ihn an einer ganz bestimmten Stelle berühre.«

Mein Gott, wovon spricht sie denn da? Ich fühle mich nicht wohl als ihr Beichtvater.

»Ich habe das noch nie erzählt, Aaron – keiner Menschenseele. Selbst dem Therapeuten nicht. Ich wollte, doch es kam kein Wort aus meinem Mund. Warum ich es dir erzählen kann, weiß ich nicht.«

Tina ist in Gedanken versunken. Ich möchte zurückgehen, traue mich aber nicht, sie zu unterbrechen.

»Wenn Mutter zuhause war, warf er mich in die Luft und rief: *Tinchen kann fliegen.* Ich erinnere mich an seine großen Hände, die mich berührten, wo ich nicht berührt werden wollte. Als ich älter wurde, wurde es schlimmer. Mit einem blöden Grinsen jagte er mich durch die Wohnung. *Ich kriege dich schon*, keuchte er. Dann hielt er mich am Kleid fest.«

Tina zittert so sehr, dass ich sie spontan in den Arm nehme. Nur eine Sekunde lang lässt sie es zu, dann stößt sie mich grob zur Seite.

Wir sind am Ende des Parks angekommen. Sie lässt mich stehen und läuft davon, als ob ich etwas verbrochen hätte! Ich gehe grübelnd auf mein Zimmer. Um mich abzulenken, denke ich an Emmy. Wie mag es ihr gehen?

Erlenbach

In Erlenbach wartete Vater am Bahnhof auf mich. Ich merkte ihm die ehrliche Freude an, mich wiederzusehen. Wir redeten belanglos daher, bis er auf einmal sagte: »Greta und Lilli kommen morgen heim. Falls der Zug pünktlich ist, werden sie so gegen 18.00 Uhr da sein. Ich hätte eine Bitte an dich, Aaron. Kannst du sie abholen? Wenn du mit dem Fahrrad fährst, bekommt ihr das Gepäck gut nach Hause. Ich bin zu der Zeit bei Mutter, sie ist wieder in der Klinik«, murmelte er immer leiser werdend.

Das Fahrstuhlgefühl in meinem Bauch machte sich sofort bemerkbar. Traurig dachte ich: *Wetten, es geht wieder los? Ich habe überhaupt keinen Bock darauf.*

Es war zwischen uns still geworden. Das Gespräch kam nicht wieder in Gang. Daheim packte ich die wichtigsten Sachen aus. Als ich Vater dann gute Nacht sagen wollte, schaute er mich wieder mit diesem Hundeblick an. Da spürte ich zum ersten Mal so etwas wie Hass, der warm in meinem Hals brannte. Er verdrängte sogar für einen Augenblick mein Fahrstuhlgefühl.

Ich ging zu Bett. Unruhig drehte ich mich von einer Seite auf die andere. Immer wieder sah ich leuchtend grüne Augen in der Dunkelheit. Es fiel Regen in der Nacht. Irgendwo bellte ein Hund.

Als ich auf den Wecker sah, war es schon fünf Uhr. Dann musste ich durch das gleichmäßige Geräusch, das der Regen machte, eingeschlafen sein.

IN DER PSYCHIATRIE

Wir sitzen im Speisesaal beim Frühstück. Tina sieht mich kaum an. Als ob sie sich schämt. Trotzdem gehen wir zusammen zur Gesprächsrunde.

Ein dicker schwitzender Kerl setzt sich neben sie.

Leise flüstert Tina mir zu: »Gehst du gleich mit mir noch ein Stück durch den Park?« Ich sage ja, obwohl ich keine Lust habe, die Fortsetzung ihrer Geschichte zu hören. Dafür sind ja schließlich die Therapeuten da.

Plötzlich springt sie auf, rennt raus, und ich sehe noch, wie sie sich übergeben muss. Am liebsten hätte ich die Gelegenheit genutzt und wäre ihr hinterhergegangen. Ich habe keine Lust zu hören, wie schlecht es den Leuten geht, die hier sitzen. Das Gejammer zieht mich bloß runter. Ein Neuer ist in der Runde. Wie der schon aussieht – wie ausgekotzt. Der Doc sagt ihm, er solle sich vorstellen, aber er gibt keine Antwort. Er wirkt fast, als wäre er zugekifft.

Die Gesprächsrunde ist vorbei. Ich habe mich erfolgreich gedrückt und nichts von mir erzählt. Meine Uhr zeigt mir, dass Tina bestimmt schon im Park wartet.

Wo sie nur bleibt? Jetzt warte ich schon eine halbe Stunde lang auf sie!

Tina kommt. Wir gehen eine Zeit lang schweigend nebeneinander her. Dann frage ich sie vorsichtig: »Was war denn los? Warum musstest du brechen?« Schon war sie wieder mittendrin in ihrer Geschichte.

»Der dicke Mann und sein Geruch nach Schweiß erinnerten mich an den Stiefvater – an seinen verschwitzten Körper. Manchmal, wenn ich dachte, er sei nicht da, hatte er sich hinter der Küchentür versteckt, um mich zu überraschen und anzugrabschen. War meine Mutter in der Nähe, traute ich mich ins Zimmer hinein, immer mit dem Rücken zur Wand. Er tat dann ganz unschuldig und fragte grinsend, warum ich so ein ängstliches Mäuschen sei.«

Mir wird kalt. Ich mache den Reißverschluss an meiner Jacke zu. Tina zuckt zusammen und geht ein paar Schritte von mir weg. Verblüfft gucke ich sie an.

»Der Reißverschluss!«, sagt sie. »Wenn ich das Geräusch hörte, wusste ich gleich, was er wollte. Er guckte dann so blöd.«

»Und deine Mutter? Hat sie nie etwas bemerkt?«

»Meine Mutter? Ich glaube nicht. Als ich größer war, sagte sie oft zu mir: *Pass auf, Tina. Dreh dich nicht nach den Kerlen um, trage keine Miniröcke und verschwende nie einen Gedanken an Sex. Und noch etwas: Lass dich nie von einem*

Jungen anquatschen, die wollen alle bloß das eine!«

Auf meine Frage, wie man so etwas aushalten kann, sagt sie: »Irgendwann hab ich gelernt, wie eine Schauspielerin in eine andere Rolle zu schlüpfen. Wenn er morgens, nachdem Mutter zur Arbeit war, in mein Zimmer kam, war er erst freundlich zu mir, bis ich weinte, dann wurde er grob. Er schüttelte mich und ließ sich neben mich in mein Bett fallen. Damit es nicht so wehtat, stellte ich mir vor, ich sei eine Prinzessin, die mit einem gefährlichen Drachen kämpfte. Wenn ich lange genug gekämpft hatte, hörte der Drachen von selber wieder auf. Ein anderes Mal war ich eine Fee. Ich wurde von einem bösen Zwerg gefangen gehalten. Er riss an meinen Flügeln und verdrehte mir die Arme. Das tat genauso weh – kannste mir glauben. Aber irgendwann passte der Zwerg nicht auf, und ich flog ihm einfach davon.«

Aufgeregt frage ich: »Geht das Schwein denn nie arbeiten?«

»Er ist arbeitslos. Nur Mutter verdient etwas Geld. Er drohte mir, Mutter zu schlagen und sie zu verlassen, wenn ich verraten würde, was er mit mir macht. Und außerdem wollte er ihr sagen, dass ich an allem schuld bin.«

»Das hätte deine Mutter doch nie geglaubt!«, rufe ich entsetzt.

»Ich weiß nicht«, flüstert Tina. »Meine Mutter ist immer müde und schlecht gelaunt. Vielleicht hätte sie ihm doch geglaubt! Sie könnte es nicht ertragen, wenn er sie verlassen würde. Sie liebt ihn, sagt sie.«

Ich bin wieder auf meinem Zimmer. Die Geschichte muss ich erst verdauen. Muss ich mich schämen, ein Kerl zu sein?

Plötzlich kommt mir Lilli in den Sinn. Ob sie sich auch vor mir ekelt, wenn wir zusammen sind? Nein, das kann ich nicht glauben. Kein Mädchen kann sich so verstellen! Doch im Moment fällt es mir schwer, mich überhaupt an solche intimen Gefühle zu erinnern. Seit ich die Tabletten nehme, ist in mir alles tot.

Ab mit den doofen Gedanken in die unterste Schublade in meinem Kopf. Lieber an Lilli denken! Unsere Liebe ist etwas ganz Besonderes. Tina ist vergessen.

Plötzlich beginnt sich mein Gedankenkarussell zu drehen. Mir fällt Lillis und Gretas Ankunft aus den Ferien ein.

Wiedersehen mit Greta und Lilli

Es war schon fast Mittag, als ich aufwachte. Der Regen hatte aufgehört an die Fenster zu klopfen. Im Haus war keine Menschenseele, da Frau Weinhuber ihren freien Tag hatte.

Plötzlich war die Erinnerung wieder da. Mit klopfendem Herzen und schweißnassen Haaren wälzte ich mich aus dem Bett. Was für ein grauer Tag! Das Wetter passte zu meiner Laune. Ich war einfach nur schlecht drauf.

Eigentlich hätte ich Emmy eine E-Mail schreiben müssen, aber irgendwie war ich antriebslos und müde. *Ich werde sie später mal anrufen,* entschied ich.

Während ich die Butter auf mein Frühstücksbrot schmierte, überlegte ich, dass ich noch viel Zeit bis zur Ankunft von Lilli und Greta hatte. Warum freute ich mich nicht auf meine Schwester und meine Freundin? Erschrocken stellte ich fest, dass sie mir im Moment sogar egal waren. Ganz in Gedanken nahm ich meine Tasse, trank einen Schluck von dem heißen Kakao und verbrannte mir prompt die Lippen. Hastig presste ich mir das kalte Messer auf den Mund.

Es begann wieder stärker zu regnen. Einen Augenblick lang sah ich zu, wie sich der Regen als feiner, feuchter Staub in der Luft verteilte.

Am Nachmittag schrieb ich Emmy doch noch

eine Mail. Aber eigentlich wusste ich nicht so recht, was ich schreiben sollte. Ich dachte an ihr Gesicht und an ihre coolen Haare. An ihre Lippen und an ihren Geruch … Doch das gigantische Gefühl, das ich für sie empfunden hatte, wollte nicht aufkommen.

Ich grübelte vor mich hin. Durch das Fenster sah ich, wie der Wind den Nieselregen wie Nebelschwaden an Mutters Pavillon vorbei wehte. Vor mir auf dem Stuhl lag ihr Kissen, in das sie sich immer hineinkuschelte, wenn sie am Fenster saß. Wie in Zeitlupe nahm ich es und presste es an mein Gesicht. Es roch nach Waschpulver und nach ihrem Duft. Mein Hals schmerzte, als ich die Tränen herunterschluckte. Dann sah ich wieder aus dem Fenster und erschrak. Auf Mutters Platz im Pavillon saß die Katze. Sie schaute mich an. Ich zog die Schultern hoch, so wie ich es immer machte, wenn ich ratlos war oder mich nicht gut fühlte. Die Entfernung zwischen mir und der Katze war groß, und doch waren die grünen Augen plötzlich ganz nah – direkt vor mir. Es war, als ob sie mich hasserfüllt anguckten und mir ein schlechtes Gewissen machen wollten, weil ich Mutters Kissen an mich presste. Ich spürte das Gefühl ohne Namen. Unbemerkt und heimtückisch hatte es sich eingeschlichen, war plötzlich da. Heimweh, mit grenzenloser Einsamkeit. Es beherrschte mich vollkommen. Eine Kälte zog mir bis zum Hals hinauf. Ich hörte mich selbst wie durch Watte wimmern und klagen.

In wilden Gedankenträumen sah ich meine lachende Mutter. Plötzlich wurde ihr Gesicht zu einer Maske, ihr Mund öffnete sich, um einen grässlichen Schrei auszustoßen. Grell fühlte ich ihn in mir und glaubte, mein Kopf würde explodieren. Doch der Schrei hallte weiter, durch meinen ganzen Körper, und bereitete mir überall Schmerzen. Er füllte mich von den Haaren bis zu den Zehen aus …

Aus dem Schrei wurde ein nervtötendes Telefonklingeln, das mich wieder zurück in die Wirklichkeit brachte. Schweißüberströmt und zitternd drückte ich auf das grüne Zeichen am Hörer. Fassungslos hörte ich fröhlich sprudelnde Worte an meinem Ohr.

»Greta?«, krächzte ich mühsam. »Was ist?«

»Wir kommen eine Stunde früher an, wollte ich bloß sagen. Hörst du mir überhaupt zu, Aaron? Hab ich dich beim Schlafen gestört? Tut mir leid, also, bis nachher!«

Weg war sie! Ich starrte das Telefon an und konnte nicht glauben, was gerade eben passiert war. Erschöpft lehnte ich mich zurück und schaute ängstlich zum Fenster – nichts zu sehen. Nur der Regen, er rauschte regelrecht vom Himmel herab und trommelte wieder gegen die Scheiben. Um mich irgendwie zu beschäftigen, begann ich aufzuräumen. So langsam wurde ich ruhiger. Wenn die Mädchen wieder zuhause waren, fühlte ich mich vielleicht nicht mehr so alleine. Durch diesen Gedanken kam eine winzig kleine Freude in mir hoch.

Gott sei Dank hörte der Regen gegen Abend auf. Ich machte mich mit dem Fahrrad auf den Weg nach Erlenbach zum Bahnhof. Der Zug fuhr pünktlich um siebzehn Uhr in den Bahnhof ein.

Fröhlich winkend sprangen Greta und Lilli aus dem Zug. Wir waren uns im ersten Moment ein wenig fremd, und unsere Begrüßung fiel dementsprechend gehemmt aus. Auf dem Weg von Erlenbach nach Hagen redeten die beiden Mädchen abwechselnd und ohne Pause auf mich ein. Sie erzählten ihre Urlaubserlebnisse in allen Einzelheiten. Mit Sicherheit würde ich die ganzen Geschichten noch oft zu hören bekommen.

Zuerst brachte ich Greta nach Hause, dann ging ich mit zu Lilli. Ich merkte erst jetzt, wie sehr ich sie vermisst hatte. Ihr fröhliches, unbeschwertes Wesen tat mir gut. Wenn sie bei mir war, verschwanden die dunklen Gedanken und die Angst vor den Träumen. Die Erinnerung an Emmy unterdrückte ich mit einem schlechten Gewissen. Ich wusste in diesem Moment ganz klar, dass ich nur Lilli wollte, dass sie mir wichtiger war als jedes andere Mädchen.

Zuhause platzte ich mitten in Gretas

Berichterstattung. Vaters hilfloses Gesicht sah zu komisch aus. Verständnisvoll musste ich lachen. Mit Schwung ließ ich mich in den Sessel fallen und tat so, als ob ich die Geschichte zum ersten Mal hörte. Dabei dachte ich an Lilli und unsere Nähe.

Plötzlich unterbrach Vater Gretas Redefluss. »Morgen besuchen wir Mutter in der Klinik. Sie macht im Moment als Therapie ein Rollenspiel, das ihr helfen soll, sich im Leben wieder zurechtzufinden. Es geht ihr etwas besser, deshalb dürfen wir sie besuchen.«

Die Stille, die nach seinen Worten eintrat, war fast unangenehm bedrückend. Ich schielte zu Greta, um ihre Reaktion zu sehen. Es arbeitete hinter ihrer Stirn, das konnte ich ganz genau sehen.

»Sag mal, Vater, was hat sie eigentlich? Die Mutter von Lilli und die anderen Mütter sind so ganz anders. Nicht so ernst. Warum lacht Mutter nie? Warum macht sie uns nicht mal Frühstück? Oder kocht und putzt? Oder geht arbeiten. Für den Haushalt haben wir ja Frau Weinhuber. Sie sitzt immer nur so da. Warum Vater? Du sagst immer, sie ist halt krank. Aber warum ist sie krank?«

Wieder Stille. Ich konnte mich nicht erinnern, dass Greta es jemals so genau wissen wollte. Sie hatte sich immer damit zufriedengegeben, dass

Mutter eben krank sei. Wie würde Vater reagieren? Mir brach der Schweiß aus. Verkrampft wartete ich auf die Antwort. Falls er überrascht war, zeigte er es jedenfalls nicht.

»Nun ja«, sagte er ganz ruhig. »Deine Mutter hat eben diese Krankheit – Gemütskrankheit und Depressionen.«

»Und warum ist sie gemütskrank Vater?«, fragte Greta nervig weiter.

Ich begann zu zittern. Er muss es *jetzt* sagen! »O bitte, sag es!«, flüsterte ich leise vor mich hin.

»Wir gehen jetzt schlafen, es ist schon spät und ich bin sehr müde. War ein anstrengender Tag.« Vater stand auf und ging aus dem Zimmer. Ich hätte darauf wetten können, dass er auch dieses Mal kniff. Oh, ich kannte ihn so gut! Greta schaute mich an. »Weißt du, warum Mutter Depressionen hat? Was sind eigentlich Depressionen? Keiner erklärt es mir. Schließlich bin ich alt genug, um das verstehen zu können!«

»Nein, ich weiß es auch nicht. Ich gehe jetzt ins Bett. Gute Nacht, Greta. Schlaf gut.«

Ich war so wütend! Auf wen? Auf Vater oder auf mich? Ich wusste es nicht.

Glückliche Greta. Sie ist frei von solchen Gedanken und Schuldgefühlen.

IN DER PSYCHIATRIE

Die Krankenschwester stört mich schon wieder. Sie erinnert mich an den Termin bei Doktor Güldner, dabei ist der mir so etwas von egal! Dann schleiche ich doch über den Flur zum Sprechzimmer des Arztes. Ich komme an der Sitzgruppe vorbei. Eine Frau sitzt im Sessel und weint. Die Pflegerin geht vorbei, ohne sich um sie zu kümmern.

Ich kann es mir nicht verkneifen und flüstere: »Doofe, alte Schachtel«, hinter der Pflegerin her.

Ach, da kommt der Neue. Ich glaube, er heißt Dennis und hat das Zimmer neben mir. Es scheint ihm so schlecht zu gehen, dass er sich bei einem Pfleger einhängen muss. Die beiden gehen an mir vorbei, und Dennis stottert: »He, hau rein, Alter.« Er lächelt nur mit einer Seite seines Gesichts. Sieht komisch aus. Wenn ich mich richtig erinnere, hat er in der Gesprächsrunde erzählt, dass er achtzehn Jahre alt ist. Und dass er schon früh mit dem Kiffen angefangen hat. Als ich ihn fragte, warum er das machte, nuschelte er nörgelig: »Das macht den Kopf frei und hat mich von meinen Alten erlöst.« Dann schimpfte er über seine Eltern, dass sie totale Spießer seien. Während er redete, schnaubte er verächtlich und drückte mir seinen Zeigefinger auf die Brust.

Dennis war erst auf der unteren Etage

stationiert gewesen und hat dort einen Entzug gemacht. Dann ist er zu uns in den vierten Stock verlegt worden, das hat mir Tina erzählt.

Ich könnte es mit dem Kiffen mal probieren. Doch man bekommt das Zeug nur in der Stadt. Ich hab keine Ahnung, wer es bei uns im Dorf besorgen kann. Aber wenn ich mir überlege, dass Dennis davon Scheißträume bekommen hat … Nee, davon habe ich selber mehr als genug. Außerdem könnte ich dann bei Lilli nicht mehr landen. Mir brummt der Schädel! Und jetzt noch zum Doc. Mist!

Ich sitze beim Doktor und versuche, die Uhrzeit zu erkennen. Doktor Güldner beobachtet mich. Gleich kommen sicher wieder schlaue Sprüche von ihm.

»Herr Bittner …« Na bitte, da geht's schon los!

»Aaron, so kommen wir nicht weiter. Sie müssen mitarbeiten! In der Gruppe sagen Sie kein Wort! Erzählen Sie mir, was Sie träumen. Versuchen Sie, darüber zu sprechen! Wie sollen wir Ihnen helfen, wenn wir keinen Ansatzpunkt haben?«

Ich schreie: »Sie können mir nicht helfen. Die, die mir helfen können, schweigen! Wenn ich nur wüsste, was damals passiert ist. Es muss mit mir zu tun haben, denn meine Mutter verachtet mich. Ihr vergeht sogar das Lächeln, wenn sie mich ansieht.« Warum grinst er jetzt so blöd? Habe ich vielleicht einen Witz gemacht? Oh, der Mann begreift überhaupt nichts.

»Endlich, Aaron! Endlich können wir beginnen und Ihr Problem aufarbeiten. Erzählen Sie weiter, Aaron.«

Na gut, dann erzähle ich ihm etwas von meinen Träumen. Doch bevor ich überhaupt ein Wort gesagt habe, geht es mir schlecht.

»Gehen Sie auf Ihr Zimmer und ruhen Sie sich aus. Ich versuche, mit Ihrem Vater zu sprechen – vorausgesetzt, Sie erlauben es mir. Es scheint mir, dass es wichtig ist, ihn mit einzubeziehen.«

»Da werden Sie kein Glück haben, Herr Doktor«, erkläre ich gereizt. »Mein Vater blockt sofort ab. Er wird nichts dazu sagen.«

Ich kann mich kaum noch konzentrieren. Mein Hunger macht mich verrückt! Jetzt ein Schwein auf Toast, denke ich. Mein Kopf beschäftigt sich nur noch mit Essen. Ich renne fast zum Speisesaal. Tina sitzt an unserem Tisch. Sie guckt träumend aus dem Fenster. Ihrem Gesichtsausdruck nach zu urteilen denkt sie nicht an ihren Stiefvater. Mit meinem vollen Teller stehe ich hinter ihr und berühre sie vorsichtig an der Schulter. Als sie zusammenzuckt, fühle ich mich schon wieder schlecht. Doch mein Magen erinnert mich ans Essen. Ich setze mich und verschlinge heißhungrig ein Schnitzel.

Übermächtige Angstgefühle

Ich hatte Bauchschmerzen. Die Aussicht, gleich bei Mutter im Krankenhaus zu sein, passte mir gar nicht. Müde und einsilbig saß ich neben Vater auf dem Beifahrersitz. Die Fahrt verlief wie immer. Vater und ich schwiegen. Greta dagegen plapperte ununterbrochen. Je näher wir dem Krankenhaus kamen, desto schlechter ging es mir. Ich hatte Angst davor, Mutter wiederzusehen.

Vater beobachtete mich, das spürte ich. Plötzlich ging mein Atem schneller, als ob ich einen Dauerlauf unternommen hätte. Hastig versuchte ich, die schweißnassen Hände unbemerkt an der Hose abzuwischen. Die nassen Haare, die mir an der Stirn klebten, konnte ich nicht verstecken.

Vater fragte: »Geht es dir nicht gut, Aaron?« Seine Stimme konnte ich hören, war aber nicht fähig, ihm zu antworten. Ich keuchte, weil ich keine Luft bekam. Vor meinen Augen flimmerte es. Alles drehte sich um mich, sodass ich keinen Punkt mehr fixieren konnte. Mein Körper war wie mit Wasser übergossen.

Vater musste wohl angehalten haben, denn ich bemerkte ihn an der Beifahrerseite. Er riss die Tür auf, zog mich aus dem Auto und legte mich ins Gras. Ich zitterte. Er deckte mich mit seiner Jacke zu.

Durch den Druck in meinem Kopf hatte ich das Gefühl, in einer Glasglocke zu sein. Greta spürte ich dicht neben mir. Sie weinte. »Was hat Aaron, Vater? Mach doch irgendetwas!«

Ich fühlte, wie verzweifelt sie war. Meine Schwester tat mir so leid. Seltsam, ich beobachtete das ganze Geschehen, als ob ich eine andere Person wäre. Vater verfrachtete mich mit Gretas Hilfe wieder ins Auto.

Wir fuhren nicht zu Mutter ins Krankenhaus, sondern auf direktem Weg nach Hause.

Müde ging ich auf mein Zimmer. Ich hörte noch, wie Greta ängstlich fragte: »Ist Aaron sehr krank, Vater? Sag doch endlich, was er hat.«

Ich hätte gerne die Ausrede gehört, die er garantiert losgelassen hatte. Meine Schwester kann hartnäckig sein. Vielleicht bekam sie schneller heraus als ich, was mit unserer Familie los war.

Obwohl ich todmüde war, ließen mich meine Gedanken nicht einschlafen. Erst als ich mich ganz fest auf Lilli konzentrierte, gelang es mir. Dieses Mal träumte ich von meiner Freundin und nicht von Monsterkatzen.

IN DER PSYCHIATRIE

Es ist Nachmittag. Ich gehe mit Tina in die Klinik-Gaststätte.

»Ein Eis, darauf hätte ich jetzt Bock«, schwärme ich ihr vor. Doch sie will nur eine Cola. Die Kellnerin stellt mir eine anständige Portion Eis hin. Gierig schaufele ich es in mich hinein. Mit angenehmen Gefühlen knurre ich genüsslich vor mich hin. Im Augenwinkel sehe ich, wie Tina eine vergessene Nudel von der Tischdecke zupft. Ich schaue sie an, und sie sagt verträumt: »Guck mal, was für Muster der Löffel im Eis macht. Es sieht aus wie die Haut an einer ganz bestimmten Stelle.«

Ich brauche eine Minute, um zu begreifen, was sie meint. Mir bleibt beinahe der Löffel im Hals stecken. Der Appetit auf mein Eis ist mir vergangen. Ich stiere auf meinen Becher und stochere lustlos in ihm herum. Dann esse ich tapfer weiter. Ehe ich ihr sagen kann, dass ich jetzt auf mein Zimmer gehe, um etwas zu schlafen, redet sie schon weiter. Verdammt!

»Als ich versuchte, ihm davonzulaufen, holte er mich ohne Mühe ein. Dann presste er mich an sich, bis ich keine Luft mehr bekam. Stieß mich in mein Bett und ließ sich auf mich fallen. Wenn Mutter fragte, woher ich die blauen Flecken hätte, guckte er mich warnend an. Ich sagte ihr, dass ich mich an der Tür gestoßen hätte. Er grinste dann hämisch.«

Unruhig rutsche ich auf meinem Stuhl hin und her. Rührte in dem Rest von meinem Eis herum. Ich glaube, dass ich nie mehr mit Appetit eins essen kann.

Tina sitzt mit verschlungenen Händen auf ihrem Stuhl und lächelt unergründlich. Es scheint fast, als ob sie vergessen hat, dass ich neben ihr sitze. Leise sage ich ihr, dass das Café gleich zumacht und dass wir gehen müssen. Ihr Blick kommt von ganz weit her. Ich denke, dass ihr Stiefvater ein Scheißkerl ist.

Auf dem Weg zurück zur Klinik erzählt Tina, dass ihre Mutter ihn angezeigt hat. Sie hat herausgekriegt, was der Kerl mit ihrer Tochter gemacht hat. Hoffentlich buchten sie die Schweinebacke bis an sein Lebensende ein. Das würde ich mir für Tina wünschen. Wenn Vater so etwas mit Greta machen würde, ich glaube, ich würde ihn umbringen! Aber eigentlich ist er in Ordnung. Bei dem Gedanken an Vater fällt mir die Fahrt ins Krankenhaus zur Mutter wieder ein. Mir wird übel.

Sorgen um Greta

Die restliche Nacht hatte ich wie ein Murmeltier geschlafen. Ich wachte ausgeruht auf. Hatte ich in den vergangenen Wochen in einem Albtraum gelebt? Ich fühlte mich frei und gelöst! Es schien Gott sei Dank vorbei zu sein.

Mit einer super Laune schaltete ich das Radio an und goss Milch in die Tasse mit dem Kakaopulver, so, wie ich es immer machte. Plötzlich stand Greta in der Türe und guckte mich mit großen Augen an. Ich sah zum ersten Mal so etwas wie Verzweiflung auf ihrem Gesicht. Dann spürte ich sie selber. Eine Verzweiflung ohne Anfang und Ende. Sie kam wie ein riesiger schwarzer Schatten auf mich zu und mit ihm der Hass auf unser gemeinsames Schicksal. Es machte mich hilflos, es gab kein Entkommen. Doch ich musste jetzt stark sein – für meine Schwester.

»Komm, setz dich«, versuchte ich so cool wie möglich zu sagen. Gretas Lippen zitterten, dann weinte sie. Ich nannte sie bei dem Kindernamen, den sie sich früher selber gegeben hatte. »Geti, was ist denn los?« Sie weinte nur noch mehr. Ich nahm sie in die Arme und schaukelte sie hin und her wie ein kleines Kind. Fest umschlungen saßen wir beide schweigend in der Küche. Wir hatten jedes Gefühl für Zeit verloren. Mir schossen die seltsamsten Gedanken durch den Kopf. *Was*

*ist, wenn Greta auch krank wird? Und was ist
dann mit Vater?*

Übelkeit wechselte mit Angst und Hilflosig-
keit. Dieser Wirrwarr der Gefühle beherrschte
mich und benutzte meinen Körper als Spielball.
Mein Fahrstuhl im Bauch machte sich zu allem
Übel auch noch bemerkbar. Nur der Gedanke an
Greta ließ ihn nicht losfahren!

IN DER PSYCHIATRIE

Nächster Anlauf Sprechzimmer Doktor Güldner.

Auf dem Weg dorthin treffe ich Dennis. Er sieht mal wieder total abgedreht aus. Ich gehe ohne ein Wort an ihm vorbei. Er antwortet mir sowieso nicht, wenn ich ihn anspreche. Tief durchatmen, dann gehe ich zum Doc rein.

»Erzählen Sie, Aaron«, sagt er.

Ich soll schon wieder erzählen? Habe ich doch gemacht! Von den Träumen mit der Katze und dass Mutter mich nicht leiden kann. Was, bitteschön, was soll ich noch erzählen? Dann kommt er mir ganz anders.

»Herr Bittner, ich möchte, dass Sie an einem Rollenspiel teilnehmen. Davon verspreche ich mir für Sie eine ganze Menge! Und einen Termin mit ihrem Vater habe ich auch gemacht.«

Ich muss an Mutter denken und sage aufgeregt: »Nee, nicht mit mir! Meine Mutter hat so ein Rollenspiel auch schon mitgemacht. Es hat ihr nichts gebracht – absolut nichts. Das können Sie vergessen!« Ich fühle mich schlecht. Und plötzlich habe ich das Gefühl, dass sich mein Fahrstuhl im Bauch wieder in Bewegung setzt. Er kommt an meinem Magen vorbei, um dann mit Höchstgeschwindigkeit in meinen Hals zu fahren. Mir wird schwindelig, und Doktor Güldner schaut mich aus grünen Katzenaugen an.

»Ich muss brechen«, gurgelt es aus meinem Mund. Dann ist die Krankenschwester da. Wie sie es geschafft hat, mich auf mein Zimmer zu bringen, weiß ich nicht. Das Ende vom Lied ist, ich muss morgens wieder zusätzlich eine Tablette nehmen. Aber jetzt kann ich wenigstens in Ruhe weiter grübeln.

Am nächsten Tag treffe ich die weinende Frau in der Gruppe wieder. Gut, dass sie mich nicht erkennt. Ich weiß ja nicht, wie ich mich ihr gegenüber verhalten soll, wenn sie an der Reihe ist, über ihr Problem zu sprechen. Der fette, schwitzende Kerl hat erzählt, sie habe Depressionen und dass sie Schläge von ihrem Mann bekommt. Wo bin ich nur gelandet?! Was der dicke Kerl für eine Krankheit hat, habe ich noch nicht rausgekriegt. Er redet geschwollen und demütig von irgendeinem Herrn, der ihm befielt, wo er lang gehen muss. Außerdem sagt er zu allen Frauen und Mädchen *Sahneschnittchen* und *Schokoladentörtchen*. Total bescheuert! Was die anderen Leute erzählen, ist beinahe lächerlich. Zum Beispiel Bolle, er schläft zuhause nur in einem Sarg. Er hat überhaupt keine Probleme damit. Aber mit seinen Eltern kommt er nicht zurecht, und das ist dann sein Problem. Und Wolfi! Seine Mutter ist vor einem Jahr gestorben. Obwohl er schon alt ist, ich glaube um die fünfundvierzig, kommt er damit nicht zurecht. Von seinem Arzt ist er schon das zweite Mal in diese Klinik eingewiesen worden. Scheint ein Muttersöhnchen gewesen zu sein. Silke hat Angst aus dem Haus zu gehen. Sie muss es hier mit einem Betreuer üben.

Die sind alle verrückt – aber ich doch nicht!

Tina ist heute nicht bei der Gesprächsrunde dabei. Sie hat ein Abschlussgespräch beim Arzt. Na ja, sie ist ja auch schon acht Wochen hier. Ich merke, dass ich meine Gedanken auch noch auf andere Dinge lenken kann. Alles wird gut! 10 Tage bin ich jetzt hier in der Klinik.

Tina geht heute noch nach Hause! Sie hat mir versprochen, mich noch einmal zu besuchen. Mit einem kleinen Koffer und verbundenen Armen steht sie wie verloren auf dem Flur. Ich gehe zu ihr hin und schiebe ihr einen Zettel mit meiner Handynummer in die Hand. Genau in diesem Moment öffnet sich die Außentür und ihre Mutter kommt herein. Sie hat wohl gesehen, dass ich Tina berührt habe. Gereizt und böse guckt sie mich an. In meiner Fantasie habe ich sie mir ganz anders vorgestellt.

Als ich mich von Tina verabschiede, drängt sich ihre Mutter zwischen uns. Schnell flüstere ich Tina noch zu: »Du schaffst es – glaub daran!« Ich wünsche ihr, dass sie über alles hinwegkommt und dass sie vergessen kann, was ihr der Stiefvater angetan hat. Sie wird mir fehlen, mit ihr fühlte ich mich nicht so alleine.

Die Zeit schleicht endlos langsam dahin. Ich habe eine solche Unruhe in mir, dass ich es kaum erwarten kann, auch entlassen zu werden. Aber in ein paar Tagen ist es soweit. Ich sollte vorher noch bei dem Rollenspiel mitmachen. Aber ich habe mich erfolgreich dagegen gewehrt. Sie können mich nicht dazu zwingen – auf keinen Fall!

In der letzten Zeit sitze ich öfter hier in dem Sessel auf dem Flur, wie in einem Wartesaal. Plötzlich steht Tina vor mir. »Hallo, Aaron«, sagt sie mit ihrem leisen Stimmchen.

»Tina«, rufe ich. »Das ist ja toll, dass du mich so schnell besuchen kommst!« Vor Verlegenheit wird sie ganz rot. Ich erkenne ihre Freude, mich wiederzusehen. Steht ihr gut.

»Wie geht es dir? Was machst du so?« Über ihr Gesicht huscht ein kleiner Schatten, als sie sagt: »Ich gehe fort von zuhause. Meine Tante, die Schwester meiner Mutter, hat mir angeboten, bei ihr zu wohnen. Ich werde es tun, Aaron. Sie hat einen Bauernhof und wird sich über Hilfe freuen. Außerdem mag ich Tiere. Vor allen Dingen Pferde, davon gibt es dort genug. Bevor ich hier weggehe, wollte ich dich noch mal sehen – meinen Beichtvater«, sagt sie spitzbübisch. »Ich kann es immer noch nicht fassen, dass ich dir meine Sorgen anvertraut habe. Du bist der Einzige, mit dem ich je drüber geredet habe. Deshalb tut es mir leid, dass ich dich nun nicht mehr besuchen kann, denn dazu ist der Weg zu weit.« Ihre Stimme ist wieder sehr leise, sodass ich meine Ohren höllisch spitzen muss.

Ich mag Tina gut leiden. Aber bin auch erleichtert, dass sie ihr Leben in den Griff bekommt. Das glaube ich nämlich fest. Erleichtert auch, dass sie weit wegzieht. Denn durch sie hätte ich, wenn ich ehrlich bin, noch mehr Probleme bekommen.

Wir reden noch eine Weile hin und her. Sie verabschiedet sich von mir und, o Wunder, sie nimmt mich sogar ganz kurz in den Arm. Dann ist sie weg! Ich bleibe auf meinem Platz sitzen und grübele noch eine Weile.

Gefangen in trüben Gedanken

Irgendwie fanden wir zu unserem normalen Leben zurück. Die Träume ließen nach. Ob mich die Sorge um meine Schwester Greta ablenkte? Ich weiß es nicht. Denn Greta wurde immer stiller. Mir fehlte ihre quirlige Art.

Mutter kam aus der Klinik nach Hause, die Ferien waren zu Ende. Lilli, Greta und ich gingen wie gewohnt zur Schule. Etwas hatte sich allerdings geändert. Ich fuhr morgens mit Vater und den Mädchen im Auto mit und ging nicht mehr alleine über den Feldweg! Warum ich diese Entscheidung traf, darüber wollte ich nicht nachdenken. Auf jeden Fall hielt mich ein eigenartiges Gefühl davon ab.

Die Beziehung zu Lilli hatte sich abgekühlt. Wenn wir zusammen zur Schule fuhren, hockte ich antriebslos auf dem Beifahrersitz neben Vater. Die Mädchen quatschten ohne Ende von irgendwelchen belanglosen Dingen, die sie aufgeregt zerredeten, fand ich. In den Pausen saßen Lilli und ich kaum noch zusammen auf unserem Platz, dem umgestürzten Baum. Lars trabte fleißig hinter ihr her. Er witterte seine Chance, bei ihr zu landen. Manchmal fiel mir auf, dass Lilli mich traurig beobachtete. Doch ich war wie gelähmt und konnte nichts dagegen tun. Mit in die Dorf-Disco, auf Feten zu gehen oder sonst etwas zu unternehmen, dazu hatte ich meistens keine Lust. Weil ich ständig irgendwelche Ausreden hatte, fragte schließlich keiner mehr. Und nachzuforschen, ob sich letztendlich etwas zwischen Lars und Lilli abspielte, war mir zu anstrengend. Meine Nachmittage und Abende verbrachte ich vor der Glotze und vor dem PC. Doch meistens hing ich nur rum und grübelte vor mich hin.

Ich kam mal wieder vom Baggersee zurück. Schlecht gelaunt öffnete ich die Küchentür. Mit hängendem Kopf starrte ich vor mich hin. Dadurch bemerkte ich nicht gleich, dass Lilli in der Küche saß und auf mich wartete.

Schweigend schauten wir uns an. Schließlich setzte ich mich auf die Tischkante. Ich ließ Lilli nicht aus den Augen und beobachtete sie unter halb geschlossenen Lidern. Während sie fragte, wie es mir ging, regte sich kein Gefühl in ihrem Gesicht. Doch ihre Stimme klang, als ob es keine spannendere Frage gebe. Im Sonnenlicht funkelten ihre schwarzen Haare. Sie sah gigantisch aus, für mich im Moment unerreichbar.

Ich gab ihr keine Antwort. Sie stand auf, kam zu mir und … setzte sich neben mich auf den Tisch, so wie wir es unzählige Male getan hatten, als wir noch kleine Kinder gewesen waren. Wie lange war das schon her?

Ich spürte ihre Körperwärme, sie wirkte entspannend auf mich. Gerade als ich sie in den Arm nehmen wollte, stand sie auf, sagte kurz »Ciao« und ging nach Hause. Ich blieb mit einem leeren Gefühl der Einsamkeit zurück. Auf die Idee, mich mal zu fragen, wie es ihr bei meinem sturen Verhalten ging, kam ich nicht. Meine negativen Gedanken hatten mich fest im Griff.

Nach tagelangem Regen wurde das Wetter etwas besser. Aus Langeweile wollte ich eigentlich über den Feldweg zum See laufen. Doch dann bog ich um die Ecke und ging über die lange Wiese hinter unserem Haus in Richtung Schuppen. Die frische Luft tat mir gut. Sie verscheuchte meine Kopfschmerzen und ließ mich den Druck, den ich ständig spürte, besser aushalten. Jahrelang war ich diesen Weg nicht mehr gegangen. Damals war er für uns Kinder der *verbotene Weg* gewesen, den wir alleine nicht gehen durften. Den Grund dafür kannten wir nicht. Das war eben so. Wir vermissten nichts, da es auf den anderen Seiten des Hauses viel interessanter war. So fiel es uns nicht schwer, das Verbot einzuhalten. Seitlich und nach vorne grenzte unser Haus an den Wald, an den Feldweg zum Baggersee und nach Erlenbach zur Schule. In dieser Richtung waren wir ständig unterwegs. Warum ich nun plötzlich über die lange Wiese lief, weiß ich nicht. Auf jeden Fall stand ich plötzlich vor dem verfallenen Schuppen. Irgendetwas war doch damit – was war es nur? Mir fiel es nicht ein.

Es begann zu nieseln. Ich wischte mir das Wasser aus dem Gesicht, drehte mich um und blickte zurück in Richtung unseres Hauses. Da tauchten wieder diese Bilder auf. Ich sah Wäscheleinen, Wäsche flatterte im Wind, die Wiese voller bunter Blumen. Weiter kamen meine Gedanken nicht. Es regnete stärker, und der Wind fegte mir ins Gesicht. Fröstelnd und verwirrt ging ich zurück. *Du bist so ein richtiger Warmduscher geworden*, dachte ich und ärgerte mich über mich selbst.

Nach langer Zeit ließ ich mich von Greta zu einer Fete im Jugendtreff überreden. Mit dieser Bitte, sie zu begleiten, war sie mir bestimmt eine Woche lang hinterhergerannt, bis ich genervt zusagte. Doch an dem Tag, als die Fete stattfinden sollte, fühlte ich mich ziemlich mies. Ich hatte eigentlich keine Lust und ging nur mit, weil ich Greta nicht enttäuschen wollte.

Wir holten Lilli ab. Sie tat sehr überrascht, als sie mich sah. »Ach, auch mal wieder dabei?«

Beleidigt antwortete ich ihr: »Ich kann ja hierbleiben, wenn es dir nicht passt. Es wird Lars sowieso nicht gefallen, wenn ich mitkomme, habe ich recht?«

Greta platzte der Kragen! Unglaublich wütend beschimpfte sie uns. Weil ich ihr die Fete nicht verderben wollte, hielt ich meinen Mund.

Der Jugendtreff war so voll, dass mir der

Schweiß ausbrach. Platzangst, damit hatte ich noch nie zu tun gehabt. »Die fehlt noch auf meiner Liste«, brummelte ich sarkastisch vor mich hin.

Die meiste Zeit stand ich alleine herum und beobachtete Lilli, was sie natürlich merkte. Sie fühlte sich nicht wohl dabei, das sah ich. Lars fuhr zur Höchstform auf und umtänzelte sie wie ein Blöder. Plötzlich glaubte ich zu träumen. Ein blondes Mädchen mit zerzausten Haaren kam herein.

»Emmy«, flüsterte ich.

Micha pfiff leise vor sich hin, als er sie sah. »Das ist Lotta, die Neue aus unserer Parallelklasse«, gurrte er. Natürlich war es nicht Emmy, das sah ich dann auch! Aber dadurch, dass ich sie so anstarrte, wurde sie auf mich aufmerksam. Ich konnte es so einrichten, dass wir nebeneinanderstanden. Ihre Ausstrahlung fesselte mich eine Weile. Für einen Augenblick fand ich zu meiner alten Selbstsicherheit zurück. Doch als ich ihr erzählte, dass in meinem Leben so ziemlich alles am Boden lag, verlor sie ihr Interesse an mir. »Sei nicht böse«, zwitscherte sie zuckersüß, »aber ich sehe dort drüben einen alten Bekannten von mir.« Weg war sie.

Über das schadenfrohe Gesicht von Micha ärgerte ich mich nicht lange, denn zufällig bekam ich mit, dass Lilli zum Ausgang ging. Bevor sie die Tür hinter sich zumachte, guckte sie zu mir herüber. Die Eifersucht brannte auf ihrem Gesicht, und ihre traurigen Augen berührten mich. Ich ließ Micha einfach stehen, drängelte mich aus dem Raum und rannte hinter Lilli her.

Schweigend machten wir uns zusammen auf den Weg nach Hause. Vor ihrer Haustür drehte sie sich um und wollte sich von mir verabschieden. Das Hauslicht schien ihr ins Gesicht. *Wie traurig sie aussieht*, dachte ich.

Spontan zog ich sie in meine Arme. »Schau mich nicht so besorgt an, ich weiß auch nicht, was mit mir los ist. Es hat mit uns aber nichts zu tun – glaub mir. Es war immer schön mit uns«, murmelte ich ihr ins Ohr.

»Ja«, hauchte sie, »das war es. Was ist nur mit uns passiert, Aaron?«

Gequält kamen die Worte über meine Lippen: »Es ist nicht so einfach, darüber zu sprechen, Lilli. Das geht irgendwie jetzt nicht. Ich weiß, dass du das alles nicht verstehen kannst. Vielleicht später mal …« Ich ließ sie stehen und ging schnell zurück, um Greta abzuholen.

Am Wochenende besuchte uns Tante Sonja. Ich freute mich riesig. Unser Haus schien nach ihrem Eintreffen voller Leben. Meine Tante versuchte, Mutter immer ins Gespräch mit einzubeziehen. Doch sie konnte sie genauso wenig erreichen wie wir. Sie saß still und in sich gekehrt in ihrem Sessel, streichelte selbstvergessen ihre Katze und starrte dabei aus dem Fenster. Sonja gab es schließlich seufzend auf, da Mutter sie nur gedankenverloren anblickte. Ich aber fühlte mich gut. Es war durch meine Tante wieder Wärme im Haus und Lachen … Ich hätte mir gewünscht, dass sie sich für mich mehr Zeit genommen hätte. Doch dauernd hatte sie etwas mit Vater zu besprechen. Hier und da schnappte ich ein paar Sätze auf. Sie stritten wie immer wegen der Krankheit meiner Mutter und wegen mir. Sobald ich die Gelegenheit bekam, ein Gespräch zu belauschen, nutzte ich sie. Ich wollte doch endlich herausbekommen, warum Mutter sich so benahm. Aber mit den Wortfetzen, die ich hörte, konnte ich nichts anfangen, denn sie sprachen sehr leise.

Einmal hörte ich, wie die Stimmen der beiden immer gereizter wurden, schließlich stritten sie regelrecht, und plötzlich wollte Tante Sonja völlig entnervt früher abreisen. Um mich von ihr zu verabschieden, ging ich über den Flur zum Wohnzimmer. Ich hörte sie dieses Mal so laut reden, dass ich das Gespräch mühelos verstehen konnte.

»Ich hatte doch recht, Sonja«, sagte mein Vater gerade. »Es ist alles ruhig. Warum soll ich die Geschichte von damals aufwärmen und alle ins Unglück stürzen? Aaron geht's gut, und hoffentlich wird Anne auch bald wieder gesund. Ich glaube fest daran.«

Aufgeregt antwortet Tante Sonja: »Das redest du dir doch nur ein, Wolfgang! Alles schlummert bloß. Irgendwann bricht das Elend wieder aus. Und dann wird es schlimmer werden, als du dir träumen lässt. Mir wäre wohler, du würdest mit Aaron darüber sprechen. Er ist schließlich erwachsen und versteht es gewiss. Du gehst nur den bequemeren Weg und wirst es bereuen!«

»Nein, nein, lass mich nur machen, Sonja«, sagte Vater gereizt.

Die Wohnzimmertür öffnete sich plötzlich. Ich konnte gerade noch zur Seite springen, und schon rauschte meine Tante an mir vorbei, ohne mich zu bemerken. Als sie sich später von mir verabschiedete, nahm sie mich in die Arme. Lange drückte sie mich ganz fest an sich. Dann schaute sie mich mit tränennassem Gesicht an und presste sich schluchzend die Hand auf den Mund. Tante Sonja riss sich von mir los und rannte aus dem Haus. Mit laut aufheulendem Motor fuhr sie davon.

Ich stand noch eine Weile auf derselben Stelle, mit einem Kloß im Hals, der sich nicht herunterschlucken ließ. Als mir bewusst wurde, dass sie weg war, hatte ich das Gefühl, als ob ich in alle Einzelteile zerfiele. Die bekannte Einsamkeit schlich sich in mein Herz und meine Seele. Greta bekam von all dem, wie immer, nichts mit. Sie war bei Lilli. Dort war sie wegen der Krankheit meiner Mutter sowieso mehr zuhause als bei uns.

Die Gedanken an meine schrecklichen Träume hatte ich verdrängt. Nach dem Besuch meiner Tante und durch die belauschten Gespräche grübelte ich wieder über unser Familiengeheimnis nach. Mein Verstand sagte mir, dass ich es besser lassen sollte, doch die listigen Gedanken nisteten sich erbarmungslos in meinem Kopf ein. Was war das für ein Geheimnis? Warum schwieg Vater so beharrlich?

In der Nacht kamen meine Träume zurück. Die Wiese mit den bunten Blumen und die Wäscheleine mit der flatternden Wäsche vermischten sich mit grünen Augen und verzweifelten Schreien. Ich schreckte aus dem Schlaf auf. Wo hatte ich das Bild mit der Wäsche gesehen? Völlig gerädert holte mich der Wecker in meine traurige Wirklichkeit. Ich hatte kaum geschlafen und kam einfach nicht hoch.

Greta kam ein paar Mal zu mir ins Zimmer.

»Aaron, steh doch auf. Komm mit in die Schule«, bettelte sie. Ich merkte ihre Verzweiflung und konnte nichts dagegen tun. Als ich dann Lilli hörte und Vater auch noch in mein Zimmer kam, verkroch ich mich unter der Bettdecke und blieb wie gelähmt liegen. Dann war ich allein. Meine Gedanken drehten sich nur um die Wiese und die Wäsche. Etwas Wichtigeres gab es im Moment nicht.

Gegen Mittag hörte ich, wie Frau Weinhuber endlich nach Hause ging. Mühsam wie ein alter Mann stand ich auf. Ich entschloss mich, zum Baggersee zu gehen, aber ob ich es bis dahin schaffen würde, wusste ich nicht. An meinem Lieblingsplatz wollte ich weiter grübeln.

Ich zog meine Jacke an, schlug den Kragen hoch und machte mich auf den Weg. Doch wie von selbst ging ich hinter das Haus über die lange Wiese. Wieder stand ich vor dem verfallenden Schuppen. Mit gemischten Gefühlen sah ich Mutters Katze herauskommen. Während ich auf sie starrte, brach mir der Schweiß aus. Die Katze blieb stehen und sah mich unverwandt an. Nur ihre Schwanzspitze zuckte nervös. Eine leichte Übelkeit zog vom Magen in meinen Hals. Ohne Grund stellte sich die Katze plötzlich auf die Hinterbeine, zeigte mir ihre scharfen Krallen, fauchte mich böse an und verschwand.

Erschrocken und verwirrt schaute ich hinter ihr her. Die Angst vor der Katze hatte sich in meinem Körper breitgemacht. Es hatte so ausgesehen, als ob sie mir ins Gesicht springen wollte, dabei hatte ich mich völlig ruhig und normal verhalten!

Kurzentschlossen machte ich mich mit zitternden Beinen doch noch auf den Weg zum See. Die

Wolken lösten sich auf, die Sonne schien, und im Nu war die Luft so stickig, dass ich mir die Jacke ausziehen musste. Der Feldweg lag verlassen da, als gäbe es außer mir keinen anderen Menschen auf der Welt. An dem abzweigenden Weg blieb ich stehen. *Nur nicht hinsehen*, dachte ich. Dann rannte ich zum See. Mir hing die Zunge aus dem Hals, als ich ankam. *Mensch, Alter, was ist nur aus dir geworden.* So ein kurzer Lauf hatte mich doch früher nicht so fertig gemacht. Mein Shirt klebte schweißnass auf der Haut. Jeder Atemzug schmerzte. Ich setzte mich auf meinen Platz, lauschte keuchend auf meinen Herzschlag und starrte in den Himmel. Über dem See segelten einige große Wolken. Sie warfen Schatten auf das Wasser, das dort so grau aussah wie meine Seele. Ein leichter Wind trieb kleine Wellen vor sich her. In mir spürte ich eine entsetzliche Leere und ein Gefühl grenzenloser Einsamkeit. Ein kühler Lufthauch strich mir übers Gesicht. Nur dadurch merkte ich, dass ich lebte. Niemand interessierte sich für mich und meine Sorgen. Wenn ich nicht so schlapp wäre, würde ich abhauen! Vielleicht nach Amerika oder Australien. Dann könnten sie mich alle mal ... Alles würde ich zurücklassen, alles, die verdammten Träume, alles – einfach alles. Dann könnte Vater noch so jammern und meinetwegen versprechen, mir endlich die Wahrheit zu sagen. Ich würde es gar nicht mehr hören wollen! Greta und Lilli sähe ich dann auch nicht mehr und Mutter … ach Mutter!

Ich stöhnte laut, und die Tränen liefen über mein Gesicht. In meiner Brust schmerzte es und ich fühlte, dass mein Fahrstuhl abfahrtbereit lauerte. Nach dieser Heulattacke schaute ich müde über das Wasser. Wenn ich mich doch aufraffen könnte, einfach in den See zu gehen, mich fallenlassen, untergehen … dann wäre alles vorbei.

Wie lange ich dort gesessen hatte, weiß ich nicht mehr. Die Wolken verschwanden. Der See schimmerte durch die untergehende Sonne, die sich im Wasser spiegelte, als ob sie sich darin das Leben nehmen wollte. Als sich die Dämmerung über die Hügel legte, stand ich fröstelnd auf und ging nach Hause.

Endlos schlängelte sich der Weg am Waldrand vorbei. Ich schaute in den Himmel, um mich auf die Sterne zu wünschen, doch der Himmel war wieder bewölkt. Nicht ein einziger Stern war zu sehen. Nur der blasse Mond tauchte ab und zu auf. Es war still um mich herum. Ich spürte, wie mein Blut viel zu schnell durch die Adern floss.

IN DER PSYCHIATRIE

Ich packe meine Sachen zusammen. Dann schaue ich mir noch einmal mein Zimmer an und gehe den langen Flur entlang zum Ausgang. Ich komme an dem Sofa vorbei, das im Flur steht. Wie immer sitzt die weinende Frau darauf. Warum bleibt sie nicht in ihrem Zimmer, wenn es ihr so schlecht geht, überlege ich und rege mich darüber auf. Dennis schwankt mir entgegen. Gott sei Dank muss ich seinen komischen Gesichtsausdruck bald nicht mehr ertragen! Ihm läuft die Spucke aus dem Mund. Merkt er das denn nicht? Hoffentlich habe ich nicht auch so ausgesehen.

»Alles Gute, Alter«, wünsche ich ihm und gehe schnell weiter. Ich möchte nie mehr in diese Klinik. Vierzehn Tage waren genug.

Vater kommt zum Eingang herein. Ein unangenehmes Gefühl zieht mir vom Magen in den Hals – nicht nachdenken. Ob er sauer ist, weil ich meine Therapie abgebrochen habe, weiß ich nicht, ist mir auch egal.

Absturz

Zuhause macht mir der Alltagstrott keinen Spaß.
Ich stelle fest, dass ich beim Anblick meiner Mutter richtig aggressiv werde. Wut kommt in mir
hoch, sobald ich sie sehe. Sie kümmert sich nur
um ihre Katze! Krault und streichelt sie andau-
ernd. So ein Schwachsinn! Dass Vater das aus-
hält! Er müsste ihr mal richtig die Meinung sagen. Ich kann ihr leidendes Getue bald nicht mehr
sehen, es geht mir so auf den Geist. Verdammt!
Kann sie nicht einfach normal sein? Dann könnte
ich sie wenigstens fragen, was sie gegen mich hat.
Aber so – es ist zum Kotzen. Sie guckt mich mit
großen Augen an und sieht mich doch nicht. Sie
muss doch merken, dass wir sie lieben. Warum
merkt sie es nicht, verdammt noch mal!

Ich springe auf und laufe raus. Ich muss
schreien, einfach nur schreien und laufen. Der
Druck ist so groß, dass ich das Gefühl habe,
meine Brust platzt.

Plötzlich finde ich mich am Baggersee wieder.
Total fertig setze ich mich auf meinen Platz und
heule mir mal wieder die Seele aus dem Leib.
Meine Gefühle machen mittlerweile mit mir, was
sie wollen. Nachdem ich Lilli wegen Lars ange-
schrien habe, geht sie mir aus dem Weg. Warum
glotzt sie ihn auch so verliebt an? Ich weiß genau,
dass sie mich anlügt, wenn sie sagt, dass sie ihm

nur auf eine Frage geantwortet habe. Wer es glaubt, wird selig. Ha, sie kann mir viel erzählen. Aber Lilli hat ja eigentlich recht, wenn sie Lars netter findet. Er ist cool und hat den richtigen Witz. Ich bin nur eine Lusche und ein Sonderling. Dass meine Freunde kaum mit mir sprechen, ist nur zu verständlich, aber das ist mir fast gleichgültig. Nur bei Lilli nicht …

In den Herbstferien soll ich zu Tante Sonja nach Bremen fahren. Ich habe Angst davor, Emmy wiederzusehen. Sie ist bestimmt sauer auf mich. Auf ihre E-Mails habe ich schließlich nicht mehr geantwortet. Ich glaube, ich bleibe zuhause. Um Greta mache ich mir auch wieder Sorgen. Mir ist aufgefallen, dass sie mich oft beobachtet. Auch Vater ist so anders. Er ist noch stiller geworden und geht gebeugt wie ein alter Mann. Aber was soll ich machen? Ich weiß es nicht …

Wenn es nicht regnet, gehe ich fast jeden Tag zum Baggersee. Jedes Mal überlege ich, mich einfach im Wasser treiben zu lassen, weit hinaus, um dann zu ertrinken. Doch ich bin ein guter Schwimmer, habe Angst, dass es nicht funktioniert. Vater, Greta, Lilli und Mutter … Dieser verdammte Kloß in meinem Hals lässt sich einfach nicht herunterschlucken. Mutter wäre vielleicht froh, wenn ich nicht mehr da bin. Alle könnten aufatmen und weiterleben – ohne mich.

Niedergedrückt wie von einer bleischweren

Last gehe ich zum Haus zurück. Wie ich dorthin gekommen bin, weiß ich nicht. Irgendwie ist da mein Bett. Ich krieche hinein und ziehe mir die Decke über den Kopf. Es könnte sein, dass Greta und auch Vater nach mir gesehen haben. Vielleicht habe ich das aber nur geträumt. Mir wird dauernd übel. Die Kraft fehlt mir, um aufzustehen. Mühsam schleppe ich mich von meinem Bett zum Klo und wieder zurück. Ich will niemanden hören und sehen, nur in Ruhe grübeln. Ob Vater verzweifelt ist oder nicht, darüber will ich nicht nachdenken. Sogar Greta ist mir im Moment egal.

Plötzlich taucht ein Arzt auf. Ich nehme wieder Tabletten, Antidepressiva. Jetzt kommen zu meiner Gleichgültigkeit derbe Ängste hinzu. Ich kann die Uhr danach stellen, so regelmäßig überfallen sie mich. Wenn sie kommen, winde ich mich wie ein Wurm vor Schmerzen. Es ist so schrecklich, dass ich immer öfter an Selbstmord denke. Ich will diesen Scheißgefühlen entkommen. *Könnte ich doch aus meiner Haut schlüpfen!* Früher habe ich mal ein Buch über Dämonen gelesen. Sie hatten einen Menschen in Besitz genommen und peinigten ihn bis aufs Blut. So komme ich mir jetzt auch vor. Es muss ja so sein. Ich habe keine Kontrolle mehr über meinen Körper!

Irgendetwas ist in mir und führt ein Eigenleben! Manchmal krieche ich vor Seelenschmerz auf dem Boden herum. Atemlos keuche ich um Hilfe, warum hilft mir keiner? Vater steckt mir dann eine Tablette in den Mund. Ich werde ruhiger und schlafe ein, bis zur nächsten Attacke. In rascher Folge verpasst mir der Arzt immer andere Tabletten. Es wird schlimmer. Meine Dämonen quälen mich. Ich weiß nicht, wie oft ich jetzt die Tabletten auf Anraten des Arztes gewechselt habe. Der Doc ist mit seiner Weisheit am Ende. Er gibt mir die neusten Antidepressiva, die auf dem Markt sind …

IN DER PSYCHIATRIE

Ich werde wach. Eine Welle der Übelkeit überrollt mich. Mir geht es nicht gut. Wo habe ich die weißen Wände schon mal gesehen? Im Krankenhaus!

Hey, Alter. Habe ich das nicht alles schon mal erlebt?

Ein heißer Schreck fährt mir in die Glieder. Ich ticke tatsächlich nicht mehr richtig! Was ist bloß passiert? Ist denn keiner da? O Gott! Die Krankenschwester, die auch einen an der Klatsche hat, kommt in mein Zimmer!

»Ja, wen haben wir denn da?«, säuselt sie mir ins Ohr. Nein, geht das alles von vorne los?

Doktor Güldner kommt herein. Er will mir erklären, was passiert ist. »Wären Sie zum Facharzt gegangen oder sofort in die Klinik gekommen, wäre Ihnen das erspart geblieben, Herr Bittner.«

Ja, super. Wie sollte ich das denn wissen, bitteschön! Habe ich es nicht immer gesagt!

Die Tabletten sind schuld. Ich hätte die alten Tabletten erst absetzen müssen, bevor ich die neuen einnehme. Das hätte der Hausarzt doch wissen müssen, dass das einen Schock auslöst! Muss ich alles noch einmal ertragen? Ich glaube, ich kann nicht mehr!

Langsam geht mir wieder etwas besser. Greta darf mich besuchen. Sie erzählt mir, was zuhause passiert ist, bevor ich in die Klinik kam.

»Durch die neuen Tabletten warst du völlig weggetreten und hast dich wie eine Marionette bewegt. Du konntest dich kaum von der Stelle rühren. Vater musste dich in die Klinik bringen und hat dich richtig geschoben, damit du einen Fuß vor den anderen setzt, sonst wärst du stehen geblieben und würdest da jetzt noch stehen.«

Schemenhaft erinnere ich mich. Es hat drei Tage gedauert, bis ich wieder bei Verstand war. Der Doktor hat gesagt, dass ich in den drei Tagen einen Tablettenentzug durchgemacht habe. Und jetzt soll ich 10 Tage hierbleiben. Wieder 10 Tage Psychiatrie? Wieder 10 Tage mit willenlosen Menschen leben? Wie mich das alles ankotzt!

Greta fragt mich nach meiner Krankheit aus. »Ich verstehe nicht, warum du dich so verändert hast, Aaron.«

Heiser flüstere ich: »Es ist eine Angst in mir, die mich völlig lähmt. Sie ist pechschwarz und kriecht urplötzlich auf mich zu. Ich merke, wenn sie kommt. Die entsetzlichen Schreie und die Katze mit den glühenden, grünen Augen kündigen sie an.«

»Warum träumst du so schreckliche Sachen, Aaron?«, fragt sie mit erstickender Stimme.

»Weil ich einen an der Klatsche habe!«, sage ich lauter, als ich will.

»Aber Aaron, Katzen sind doch ganz normale

Tiere. Sie tun dir doch nichts. Sei einfach wie früher. Geht das nicht?«

Ich schüttele den Kopf.

»Warum nicht? Was hast du denn gegen Katzen?«

Aufgeregt schreie ich sie an: »Du hast keine Ahnung, Greta. Ich kann einfach nicht darüber sprechen. Lass mich jetzt in Ruhe!«

Greta drückt meine Hand so fest, dass es wehtut. Dann bin ich alleine.

Den altbekannten Weg zum Doc gehe ich widerwillig. Als ich schlecht gelaunt die Tür öffne, sehe ich Vater bei Doktor Güldner sitzen. Ein Hoffnungsfunke steigt in mir auf. Vielleicht hat der Arzt ihn überredet, endlich sein Geheimnis zu lüften. Gleichzeitig habe ich Angst davor.

Nach vorne gebeugt, mit blassem Gesicht und unendlich traurig sitzt er da und sieht mich mit seinem Hundeblick an. Waren seine Haare immer schon so grau? Dann merke ich, dass ich wütend werde. Verdammt! Er braucht doch nur den Mund aufmachen, schießt mir durch den Kopf. Er ist an allem schuld! Er lässt uns alle durch sein Schweigen leiden.

Plötzlich sitzt der Hass in meinem Hals. Was bildet er sich eigentlich ein? Macht eine ganze Familie kaputt, nur weil er feige und bequem ist. Warum starren mich die beiden jetzt so an?

»Nach Ihrem Minenspiel zu urteilen, wollen

Sie uns sicher etwas sagen, Aaron!?«, meint Doktor Güldner.

»Nein, will ich nicht«, platzt es aus mir heraus. »Ich will meinen Vater nur fragen, wie lange er dieses Spiel noch mit uns machen will.« Meine Stimme kippt um, und ich schreie Vater an: »Warum quälst du mich so?« Dabei läuft mir der Schweiß in Strömen den Rücken herunter.

Vater flüstert: »Ich schweige doch nur zu deinem Besten, Aaron. Ich will dich damit schützen. Außerdem weiß ich nicht, wie Mutter darauf reagiert, wenn sie erfährt, dass ich es dir erzählt habe. Ich habe einfach Angst, uns ins Unglück zu stürzen. Ich muss schweigen, damit nicht alles noch schlimmer wird.« Vater starrt vor sich hin und sitzt da wie ein armer Sünder. Mir wird klar, auch ein Doktor Güldner schafft es nicht, ihn zum Reden zu bringen!

Ich renne raus, hetze den Flur entlang und in mein Zimmer. Vergrabe mich in meinem Bett und schreie mein Elend, meine Angst, meine Panik, die unendliche Einsamkeit und meinen Frust in die Kissen. Diese Hilflosigkeit schafft mich. Sie macht mich tatsächlich verrückt.

In der Gesprächsrunde döse ich vor mich hin. Ich habe nichts zu sagen! Sitze meine Zeit ab und muss mir das Gejammer der anderen antun. Es kotzt mich mal wieder an! Wenn mich doch alle in Ruhe lassen würden. Die Klinik ist für mich zur Verwahranstalt geworden. Der Doc will unbedingt, dass ich bei dem Rollenspiel mitmache, und hat den Termin auf den nächsten Tag gesetzt. Ich habe keine Kraft mehr, mich dagegen zu wehren.

Heute geht es mir schlecht! Ich bin müde. Dabei soll ich gleich zur Tagesklinik rüber gehen.

Die Pflegerin kommt in mein Zimmer gerauscht. »Herr Bittner, können Sie alleine dahin gehen? In einer halben Stunde will Doktor Güldner mit dem Rollenspiel anfangen!«

Schade, dass Tina nicht da ist, denke ich. Sie hätte mich bestimmt begleitet.

»Herr Bittner«, trompetet die Krankenschwester mir ins Ohr. »Ich habe noch keine Antwort von Ihnen!«

»Ja, ja«, sage ich schnell. »Ich kann alleine gehen!«

Unsicher wanke ich über den Fußpfad. Die Tagesklinik sieht aus wie ein Bürohaus oder wie eine Schule. Warum sind die Gebäude so weit voneinander weg? Es fällt mir schwer, auf dem Weg zu bleiben. Immer wieder torkele ich daneben. Das Vogelgezwitscher geht mir so auf die Nerven! Mir ist immer noch schlecht. Dann stehe ich vor dem Gebäude. Es wirkt bedrohlich auf mich. So dunkel.

Es nützt nichts – ich gehe rein.

O Gott, es sind schon vier oder fünf Leute da.

Warum glotzen die denn so blöd? Ich setze mich in den Kreis und mache meine Augen zu. Endlich kommt der Doc. Hoffentlich ist die Sache schnell vorbei.

So ein Mist – jetzt komme ich auch noch als Erster dran! Die weinende Frau soll meine Mutter spielen und die mit den fettigen Haaren … Tante Sonja? Das kann ich mir beim besten Willen nicht vorstellen!

Der Doc redet mich von der Seite an. »Herr Bittner, sprechen Sie Ihre Mutter an und fragen Sie, was sie gegen Sie hat. Beginnen Sie jetzt das Gespräch!«

Ich frage mich wirklich, was die fremde Frau mir antworten will. Widerwillig flüstere ich: »Mutter, was habe ich dir getan? Warum lachst du nicht mit mir? Warum nimmst du mich nicht in den Arm, Mutter …«

Irgendetwas macht »Peng!« in meinem Kopf. Jemand hat meinen Fahrstuhl angeschaltet. Der beginnt zu rattern und rast in Richtung Magen. Der spielt nicht mehr mit und transportiert seinen Inhalt in meinen Mund. Ich spucke ihn in mein Taschentuch. Vor meinen Augen beginnt es zu flimmern. Ich bekomme kaum noch Luft. Die Angst kreist mich ein. Sie drängt sich an mich heran. Das Grau in mir hat sich inzwischen zu Schwarz verdunkelt. Die schwarze Angst umhüllt mich und frisst sich tief in meinen leeren Magen.

O Gott, ich sterbe … Wieder ringe ich nach Luft. Ich sitze wie in einem luftleeren Raum. Stimmen dringen wie durch Watte an meine Ohren. Ganz entfernt höre ich jemanden fragen, was denn los sei. Mein Puls und mein Herz rasen, dass es in den Ohren rauscht. Ich will aufstehen, flüchten, doch meine Beine gehorchen mir nicht. Es ist unmöglich, den Raum zu verlassen. Verzweifelt schaue ich zur Tür. Die schwarze Angst versucht mich zu erdrücken – sie presst mir die restliche Luft aus meinen Lungen. In mir ballt sich das Entsetzen zusammen. Ich will um Hilfe schreien, doch es bewegen sich nur meine Lippen, ich bringe keinen Laut heraus.

Lillis Name schießt mir durch den Kopf. Ich will mich daran festklammern wie an einen Strohhalm! Er hängt wie die Erlösung vor mir. Immer, wenn ich glaube, ich kann ihn fassen, entwischt er und wirbelt flatternd davon. Dann taucht er wieder auf und umtanzt mich. Endlich bekomme ich einen Zipfel zu fassen und halte ihn fest. Da kommt eine Welle auf mich zu. Sie wird höher, immer höher. Sie bäumt sich auf und schlägt um. Die Welle bricht zusammen, stürzt hinunter, wird klein, flach und läuft aus. Langsam beginne ich wieder ruhiger zu atmen und nehme meine Umwelt wahr.

Völlig aufgelöst sehe ich in das Gesicht von Doktor Güldner. Ich erfahre, dass ich eine

Panikattacke hatte. Nach einer Pause habe ich mich etwas erholt. Der Doc erklärt mir, was eine Panikattacke ist, wie sie sich aufbaut, verläuft und wieder abklingt. »Sollten Sie noch einmal eine bekommen, müssen Sie sich daran erinnern, dass nichts höher steigen kann als bis zu seinem eigenen Höhepunkt. Danach beginnt es wieder abzusinken, wie die Wellen im Meer. Sie sollten sich daran erinnern, wie es war, als die Panik in sich zusammenfiel. Wie Sie wieder atmen konnten, ruhig und gleichmäßig. Wie das Zittern aufhörte. Wie Sie festgestellt haben, dass Sie am Leben bleiben werden. Sie werden nie daran sterben. Sie werden sie jedes Mal überleben. Sie müssen keine Angst haben!«

»Ich werde immer Angst davor haben und immer denken, dass ich daran sterben werde«, murmele ich vor mich hin. Wie sich eine Panikattacke anfühlt, durfte ich schon erfahren, als ich mit Greta und Vater, auf dem Weg ins Krankenhaus zur Mutter war.

Auf der Stelle könnte ich einschlafen, so erschöpft bin ich. Die Krankenschwester muss mich in die Klinik zurückbegleiten. Ich bin nicht fähig, alleine zu gehen.

Am nächsten Tag fühle ich mich wie neugeboren. Die ganze Nacht habe ich ohne Träume durchgeschlafen. Vater will bei den Sitzungen, die ich bei Doktor Güldner habe, nicht mehr dabei sein. In ein paar Tagen werde ich – wieder – aus der Klinik entlassen, und ich hätte angeblich – wieder – nicht genug mitgearbeitet. Der Doc ist mit mir nicht zufrieden. Angst davor, dass die Panikattacke zurückkommt, habe ich im Moment nicht. Innerlich fühle ich mich zwar leer, doch die Träume verschonen mich. Ich nehme mir vor, wie so oft, nicht darüber nachzudenken.

Die Ruhe vor dem Sturm

Vierzehn Tage ist es her, seit ich aus der Klinik entlassen worden bin. Dank der Tabletten, die ich einnehmen muss, lassen mich meine Träume in Ruhe. Sie machen mich aber so müde, dass ich den ganzen Tag schlafen könnte.

Greta schleicht um mich herum wie um den heißen Brei. Sie trifft sich kaum noch mit Lilli. Sie danach zu fragen, wie es ihr geht, traue ich mich nicht. Ich fühle mich einem Gespräch darüber nicht gewachsen. Oberflächig gesehen ist alles normal. In der Schule bin ich krankgemeldet und Mutter ist im Schwarzwald, in einer psychosomatischen Kurklinik. Neuerdings gehen Greta und ich oft zusammen zum See. Sie versucht dauernd, über Mutters und meine Krankheit zu sprechen, fragt, was Depressionen sind und warum man sie bekommen kann. Sie quält mich mit ihrer Fragerei. Trotzdem antworte ich.

»Ich kann dir nur sagen, was mit mir los ist, Greta. Warum Mutter so eigenartig ist, weiß ich nicht. Es sagt mir ja keiner.«

»Dann müssen wir das herausfinden, Aaron«, sagt sie so, als ob wir einen Kriminalfall lösen müssten.

»Greta, das versuche ich schon seit elf Jahren. Doch ich stoße nur auf Schweigen. Sogar bei Tante Sonja!«

Ich sehe, wie es hinter ihrer Stirn arbeitet. Sie findet die Geschichte wahrscheinlich spannend. Ich werde mit Greta nicht weiter darüber sprechen.

Am Montag beginnt für mich die Tagesklinik. Ich glaube nicht, dass es etwas bringt. Was wollen die denn anders machen als in der Klinik? Geht doch nicht. Es kommt mir so vor, als lebte ich in einer anderen Welt. Alles ist mir so fremd geworden. Mittlerweile bin ich schon siebzehn Jahre alt. Wann hatte ich Geburtstag? Ich kann es nicht sagen.

Tagesklinik

Heute ist es so weit. Ich werde zur Tagesklinik gehen – wie zur Schule. Morgens hin und am Nachmittag wieder zurück. Durch denselben Park wie damals mit Tina.

Schon bald hinter dem Eingang mit der Schranke macht der Weg eine Biegung, als wolle er Schwung holen, bevor er weiter den Hang hinaufführt. Dann verschwindet er irgendwo hinter der Kirche. Den Weg, den ich weiter gehe, führt mich auf ein dunkles Gebäude zu. Ein paar Schritte davor bleibe ich stehen. Ich schaue auf die verschlossenen Fenster. Mir ist unbehaglich zumute. Ich habe den Eindruck, in einem Wald statt auf einem Klinikgelände zu stehen. Eingewachsen in Büsche und Bäume steht das Haus da. Ein paar freche Spatzen picken in einem Blumenbeet hektisch nach Futter. Neben der Haustüre hängt ein Schild mit der Aufschrift: »*Psychiatrische Tagesklinik.*« Seltsam, so bewusst habe ich das Haus nicht in meiner Erinnerung. Muss mein Kopf zu gewesen sein!

Es kostet mich einige Überwindung, hineinzugehen. Eine Krankenschwester, klein und pummelig, kaum größer als Greta, kommt mir mit energischen Schritten entgegen und überhäuft mich mit einem Redeschwall. Überheblich erklärt sie mir, was man hier darf und was man nicht darf. Es sind eine ganze Menge Verbote.

»Sie müssen sich an die Regeln halten, Herr Bittner«, nörgelt sie mahnend durch die Nase. »Pünktlichkeit, regelmäßiges Erscheinen und Anordnungen befolgen. Wenn Sie sich nicht daran halten, müssen Sie wieder gehen. Es warten nämlich noch viele Patienten auf diesen Platz!«

Mit anderen Worten: Wenn man seinen eigenen Willen durchsetzen will, fliegt man raus! Ich merke, wie mir vor Ärger die Hitze in den Kopf steigt und mein Gesicht rot wird. Genau die gleichen *Problemos* wie in der Klinik drüben. Aber was habe ich erwartet? Ich bin ja selber einer. Ob die Leute, die hier eine Therapie machen, mich auch so sehen?

Sechzehn Uhr. Feierabend. Ich bin total alle! Wieder nur Gespräche. Ich habe keinen Bock, in diese Tagesklinik zu gehen! Lilli will mich heute Abend zuhause besuchen. Und ich habe Schiss! Bin fett geworden ohne Ende. Wenn sie mich herablassend ansieht … weiß nicht, ob ich das ertragen kann. Aber was soll ich machen? Weniger essen *is nich*! Ich habe alles versucht. Der Hunger macht mich irre.

Und dann ist Lilli da! Warum nimmt sie mich nicht in den Arm? Sehe ich wie ein Monster aus? Oder traut sie sich nicht? Mein Mund ist wie ausgedörrt. Ich muss etwas trinken. Allein schon wegen dem pelzigen Geschmack in meinem Mund.

Verlegen schaut mich Lilli immer wieder an. »Wie geht es dir, Aaron? Wann kommst du wieder in die Schule?«, höre ich sie wie durch Watte fragen.

Alles nur Geschwätz. Ich werde wütend und denke: *Sie will mich nicht mehr.* Wahrscheinlich geht sie längst mit diesem Lars. Sie sieht gigantisch und wunderschön aus. Ihre langen schwarzen Haare, ihr Mund, ihr Geruch nach Sommer … Ich starre sie nur an, wie peinlich! Wieder muss ich einen Schluck trinken, um überhaupt sprechen zu können. Ich räuspere mich und sage: »Ich komme erst mal nicht in die Schule. Wie geht es dir, und was machen die anderen?« Meine Stimme zittert so sehr wie ich selbst.

Ihre Antwort kommt ganz leise. Ich muss mich konzentrieren, um sie zu verstehen. Was denkt sie sich eigentlich? Glaubt sie, ich bin sterbenskrank? Meint sie, wenn sie normal spricht, bringt sie mich um? *Ruhig, Alter*, ermahne ich mich.

»Im Moment laufen überall Feten. Ich bin kaum zuhause«, lächelt sie entschuldigend.

Mir platzt der Kragen. »Hört sich so an, als ob es mit Lars schöner ist als mit mir«, entgegne ich sarkastisch, »denn garantiert ist er doch auch dabei, oder?«

Das hätte ich besser nicht gesagt. Warum kann man Worte nicht wieder einfangen, sie hinunterschlucken? Es tut mir sofort leid, als ich ihr verletztes und enttäuschtes Gesicht sehe.

Lilli presst die Lippen zusammen. Ihre Augen füllen sich mit Tränen. Ich rutsche von meinem Stuhl herunter, knie mich vor sie hin und umschlinge sie. Innerlich zerrissen presse ich mein Gesicht in ihren Schoß. Als ich ihre Hand auf meinen Haaren spüre und sie mich streichelt, löst sich meine Verkrampfung. Ich setze mich auf die Lehne ihres Sessels und berühre vorsichtig ihr Gesicht, ihre Augen, ihre Nase, ihre Wangen, ihre Lippen. Mir kommt es so vor, als hätte ich sie noch nie berührt. Ich erkunde alles neu. Wie gerne hätte ich sie geküsst. Doch ich traue mich nicht. Habe Angst, ihr nicht mehr zu genügen. Obwohl ich über meine Gefühle mit ihr sprechen will, bleiben meine Lippen stumm.

Lilli steht auf – verzweifelt will ich sie festhalten und tue nichts. Dann ist sie weg. Der Augenblick mit ihr klingt in meinem Inneren noch nach. Natürlich zerstöre ich ihn sofort wieder! Bilde mir ein, dass sie mich fett und eklig findet. Sie hat recht damit. Ich bin ja auch nur ein fetter, abgedrehter Typ. Was soll sie denn mit so einem! Lilli weiß sicher nicht, wie sie mir beibringen soll, dass sie jetzt mit Lars zusammen ist.

Seit Mutter aus der Kurklinik wieder zuhause ist, geht sie mir aus dem Weg. Ganz was Neues. Als wäre es ihr peinlich, mir zu begegnen. Da war mir ihre Gleichgültigkeit noch lieber. Ich habe sogar den Eindruck, dass sie mich manchmal beobachtet.

Ein neuer Arzt hat in der Tagesklinik angefangen. Bei ihm habe ich regelmäßig einen Termin. Angenehmer Typ, dieser Siggi. Tut wenigstens so, als könnte er mich verstehen. Er erklärt mir einige Methoden, wie ich mich bei negativen Gedanken verhalten soll. Manchmal denke ich, die anderen sind die Verrückten und ich bin normal.

Ich nehme mir vor, jeden Tag bis zum Baggersee zu laufen und andere, gesunde Sachen zu essen. Jetzt, wo ich weniger Tabletten einnehme, sehe ich auch klarer. Ich will Lilli zurück. Sie geht mir nicht aus dem Kopf. Wenn ich an sie denke, spüre ich wieder das warme Gefühl in meinem Bauch und erinnere mich an Dinge, die ich lange vergessen hatte. Diese Gedanken sind einfach geil.

Langsam habe ich die Hoffnung, dass alles gut wird. Keine Träume! Ich denke öfter an meine Freunde und an die Schule. Es gibt natürlich auch Tage, wo es mir wieder schlechter geht und ich nicht mal Lust habe, zu meinem Lieblingsplatz an den Baggersee zu laufen. So ein Tag ist heute. Ich kriege einfach den Arsch nicht hoch. Könnte nur schlafen und grübeln. Glaube, dass alles vergeblich ist.

Mürrisch mache ich mich auf den Weg zu einem kurzen Spaziergang. Ich denke, das wird mir guttun. Warum gehe ich ausgerechnet wieder um das Haus herum, über die lange Wiese? Grau und tief hängen die Regenwolken, und leichter Nieselregen kriecht mir in die Klamotten. Dann stehe ich vor dem alten Schuppen. Was will ich hier?

Ich drehe mich um. Sehe unser Haus – sehe Bilder – bunte Handtücher, flatternd im Wind.

O nein, nicht schon wieder!, denke ich voller Panik. Ich gehe rückwärts. Ein Kind weint, oder miaut eine Katze? Dann höre ich panische Schreie, die sich mit der Sirene eines Krankenwagens mischen.

Mein Herz beginnt wie rasend zu klopfen. Mein Atem geht stoßweise. Mir wird kalt, ich beginne zu zittern. Ich schlage meinen Kragen hoch und zerre meine Jacke vorne am Hals zusammen. Neben mir höre ich in einem Strauch überlaut ein paar Vögel streiten. Ich gehe immer weiter rückwärts. Meine Füße stoßen irgendwo an. Ich stolpere und falle nach hinten. Durch mein Gewicht zerbrechen morsche Bretter unter mir, und bevor ich reagieren kann, falle ich in ein Loch hinein.

Der alte Brunnenschacht! Entsetzliche Angst kommt in mir hoch, ich kann mich gerade noch mit den Fingerspitzen an den halb verfaulten Brettern festhalten. Ich schreie und strampele um mein Leben. »Mamaaa! Mutter – Hilfe!!!«

Halb bewusstlos vor Angst spüre ich plötzlich zwei Hände, die an mir zerren. Sie schaffen es nicht! Die Bretter rutschen weg, und ich tauche unter Wasser.

Es war doch dein Wunsch zu ertrinken, verhöhnen mich meine Gedanken. *Dann hast du endlich Ruhe,* geistern sie weiter durch meinen Kopf.

Wasser strömt mir in die Nase, in den Mund. Luft … Ich kann nicht mehr atmen.

»Aaron – Aaron!«, hallt eine Stimme in meinem Kopf. Wieder glaube ich, das Miauen einer Katze zu hören – oder ist es doch ein Kind?

»Aaron – Aaron!«

Da … Lilli und Greta tanzen um mich herum.

»Was soll das?«

Lilli winkt mir zu. Ich will rufen: *»Seht ihr denn nicht, dass ich ertrinke? Helft mir doch!«* Greta lacht schallend. Ihr Gesicht wird blass – anklagend öffnet sich ihr Mund. Ihr Gesicht kommt näher. Mit hoher Kinderstimme kreischt sie mich an: »Du bist schuldig!« Plötzlich verändert sich das Gesicht.

»Katharina!«, schreie ich.

»Komm zu mir, Aaron«, ruft sie.

»Nein, Kathi, ich will nicht ertrinken – nicht sterben!«

Da sind die Hände wieder, die mich mit übermenschlicher Kraft aus dem Schacht herausziehen. Ganz nahe höre ich die Stimme meiner Mutter an meinem Ohr: »Mein Junge, alles wird gut.«

Jetzt ist es ein schöner Traum! Ich liege im Gras. Das Wasser läuft mir aus der Nase und dem Mund. Ich würge und muss brechen. Als ich die Augen öffne, schaue ich in Mutters tränennasses Gesicht. Sie spricht mit mir und … sie lächelt mich an. Nur mich!

Der Traum darf nicht zu Ende gehen. Mit meinen Händen kralle ich mich in ihrem Pullover fest. Ich kann sie nicht loslassen! Sie wiegt mich wie ein Kleinkind und flüstert mir liebe Worte ins Ohr. Ich glaube, es vergeht gerade eine Ewigkeit.

Plötzlich taucht Vater auf. Meine Eltern nehmen mich in die Mitte und führen mich ins Haus. Das ist ein Gefühl! Nie habe ich so was erlebt. Mir wird ganz schwach ums Herz, und ich genieße es, zwischen Vater und Mutter zu sein und ihre Nähe zu spüren. Die beiden übertreffen sich in ihrer Sorge um mich. Ich werde in Decken gehüllt und bekomme einen heißen Kakao. Mutter weicht nicht von meiner Seite.

Greta, die bei Lilli war, kommt plötzlich hereingestürmt. Sie reißt die Augen auf und sagt völlig entgeistert: »Was ist denn hier los!« Als sie hört, was passiert ist, ist sie so sprachlos, wie ich es selten bei ihr erlebt habe. Greta setzt sich zu uns. Vater und wir beide lauschen stumm, was Mutter erzählt, wie sie meinen Unglücksfall erlebt hat. Ihre Stimme klingt ganz anders, ganz neu für uns, und ich sauge sie förmlich in mich hinein.

»Ich habe trotz Regen draußen im Pavillon gesessen und hörte deine verzweifelten Schreie, Aaron. Mit eisigem Schrecken fiel mir der alte Brunnen ein. Ohne zu überlegen rannte ich in panischer Angst los. Wie in einem Zeitsprung dachte ich zuerst an Katharina und dann an dich. Ich wollte schneller sein als damals bei Kathi. Mir ist wieder eingefallen, dass ich ja auch einen Sohn habe, den ich um nichts auf der Welt verlieren möchte. Durch den Schock fühlte ich mich wie aufgewacht und konnte dich rechtzeitig retten.«

Eine Weile sitzen wir im ungewohnten Zusammensein schweigend beieinander, bis Greta anfängt, tausend Fragen zu stellen. Eine nach der anderen sprudelt aus ihrem Mund, ohne dass sie eine Antwort abwartet.

Vater legt ihr die Hand auf die Schulter. »Ich glaube, eure Mutter muss sich jetzt etwas ausruhen. Wir haben noch so viel Zeit, miteinander zu reden.« Mir fällt erst jetzt auf, dass Mutter immer stiller geworden ist. Vater begleitet sie nach nebenan ins Schlafzimmer.

»Hoffentlich bleibt Mutter so und fällt nicht wieder in ihre Depression zurück«, flüstert Greta ängstlich.

Das ist auch meine größte Sorge.

Völlig erschöpft, aber glücklich, liege ich in meinem Bett und lasse den Gedanken freien

Lauf, denn sie sind gut. Ich bin ganz sicher, heute Nacht keine Albträume zu bekommen. Immer wieder koste ich das Gefühl aus, Mutter so nah zu sein. Zu wissen, dass ich ihr doch etwas bedeute. Ja, Vater ist auch besorgt, dass weiß ich, doch wir müssen uns neu zusammenraufen. Er wird sich von mir einiges anhören müssen!

Mit trockenem Mund und kratzendem Hals wache ich auf. Es scheint, als hätte ich mir eine Erkältung gefangen. Doch das ist jetzt Nebensache. Der Gedanke an Mutter elektrisiert mich. Ich schaue auf die Uhr. Um diese Zeit muss sie schon aufgestanden sein. Also nichts wie raus aus den Federn. Mein Herz klopft vor Erwartung, und die Angst, wieder enttäuscht zu werden, schnürt mir den Hals zu. Die Aufregung nimmt mir fast den restlichen Atem, den mir meine verstopfte Nase gewährt.

Leise schleiche ich mich ins Wohnzimmer, schaue um die Ecke auf Mutters Sessel. Da sitzt sie – teilnahmslos? Oder nicht? Ich schlucke. Ob das Erlebte gestern nur ein Traum war?

»Mutter?«, flüstere ich zaghaft. Nichts! Gleich hüpft mir mein Herz aus dem Hals. Ich versuche es lauter. »Mutter?«

Sie dreht sich um – und lächelt mich an. Der Krampf löst sich in meinem Magen. Eine Welle der Erleichterung durchströmt mich. Mutter sieht mich bewusst an. Ich kann es nicht fassen!

Plötzlich streicht mir die Katze um die Beine. Meine Nackenhaare stellen sich auf, und in meinem Bauch kribbelt es. Tapfer gehe ich auf Mutter zu und setze mich zu ihren Füßen. Mit belegter Stimme sage ich: »Die Katze muss doch schon so alt sein wie Methusalem. Ich kann mich gar nicht mehr erinnern, wann sie ins Haus kam.«

»Kathi war ein halbes Jahr alt. Es sollte erst deine Katze sein, Aaron, damit du auf deine Schwester nicht eifersüchtig wirst. Doch die Katze und Katharina waren von Anfang an unzertrennlich. Sie muss jetzt ungefähr vierzehn Jahre alt sein. Das längste Leben hat sie hinter sich. Ich werde bestimmt sehr traurig sein, wenn sie stirbt.«

Ich betrachte das Tier. Unverwandt schaut sie Mutter mit ihren großen grünen Augen an. Sie will bestimmt auf ihren Schoß. Wegen ihres Alters ist die Katze träge und behäbig, so schafft sie es nicht mehr, nach oben zu springen. Mutter nimmt sie auf, es regt sich etwas Eifersucht in mir. Aber eigentlich habe ich schon Frieden mit der alten Katze geschlossen.

»Mein Junge, wie geht es dir? Hoffentlich bekommst du keine Erkältung«, sagt Mutter.

»Doch, bestimmt, aber das macht mir nichts aus. Viel wichtiger ist für mich … ich muss mit dir reden. Ich kann es kaum aushalten, habe so viel zu fragen.«

»Wir werden über alles reden, mein Junge, aber lass mir Zeit.«

Ich sehe in ihr besorgtes Gesicht und könnte schreien – nicht vor Pein, sondern vor Glück. Um mich davon zu überzeugen, dass alles wahr ist, muss ich sie berühren.

»O nein, nicht schon wieder diese ekelhaften Hustentropfen, Greta«, maule ich gespielt beleidigt.

»Mund auf, Aaron, na wird's bald!«

»He, du führst dich auf wie eine Krankenschwester«, nörgele ich. Da sehe ich hinter Greta Lilli in mein Zimmer kommen. Mit einem Glücksgefühl schaue ich in ihr Gesicht. Grinsend schlucke ich meine Tropfen, denn nun redet sie auch noch auf mich ein. Trotz dicker Erkältung habe ich mich lange nicht so wohl gefühlt. Dass ich mit Husten und Fieber im Bett liege, macht mir nichts aus, denn ich habe meine Mutter wieder, und sie hat mich.

Greta kommt mit der neuen Situation nicht ganz so gut zurecht. Mutter und sie gehen zwar vorsichtig aufeinander zu, doch es ist für sie ganz neu, dass Mutter auch an ihrem Leben teilnimmt. Sie fühlt sich nicht mehr so frei in ihren Entscheidungen, und wenn Mutter fragt: »Greta, wo gehst du hin, wann kommst du wieder, was machst du?«, merke ich, wie sehr sie sich beherrschen muss, keine patzige Antwort zu geben. Ich dagegen könnte Mutter stundenlang zuhören, wenn sie spricht. Ihre ungewohnte Stimme klingt wie Musik in meinen Ohren. Es wird noch lange dauern, bis Mutter so belastbar ist wie zum Beispiel Lillis Mutter. Doch wir geben uns Mühe. Dafür haben wir viel zu lange auf ein richtiges Familienleben verzichten müssen. Wenn Mutter und ich zusammensitzen und uns unterhalten, werden wir kaum gestört. Greta und Vater lassen uns in Ruhe miteinander reden und ziehen sich rücksichtsvoll zurück. Jetzt kann ich Mutter fragen, warum sie die Katze so sehr liebt, die doch Schuld an Kathis Tod hatte. Ihre Antwort überrascht mich total.

»Kathi und die Katze waren unzertrennlich. Ich kann der Katze nicht die Schuld an Katharinas Tod geben. Im Gegenteil, durch die Wärme, die das Tier mir gibt, fühle ich mich mit Kathi verbunden. Die Katze ist wie ein Bindeglied zwischen deiner Schwester und mir.«

»Ich frage mich nur, warum die Katze so aggressiv auf mich reagiert hat.«

»Das hast du durch deine Ängste und Psychosen nur so empfunden, Aaron. Dein Verhalten der Katze gegenüber hat sie verunsichert, und ein verunsichertes Tier reagiert oft aggressiv.«

Das habe ich jetzt auch verstanden. Greta gegenüber habe ich ein schlechtes Gewissen, Mutter zu sehr in Anspruch zu nehmen. Doch Greta sagt fröhlich: »Nein, keine Sorge, Aaron, mir macht das gar nichts aus. Du kannst mir ja nachher erzählen, über was ihr euch unterhalten habt.«

Ich grinse. »In der Zeit kann Mutter dich nicht kontrollieren, stimmt's?« Denn dass meine unruhige, nervige Schwester auf einmal so rücksichtsvoll ist, kann ich nur schwer glauben. Greta lacht bloß, und schon ist sie zur Türe heraus.

Vater ist glücklich. Er strahlt, wenn er Mutter und mich zusammen sieht. »Ich kann kaum noch zählen, wie oft du am Tag das Wort *Mutter* sagst«, scherzt er grinsend.

Ja, ich werde nicht müde, es in allen Tonarten auszusprechen. Es macht mich einfach froh.

Endlich haben Greta und ich erfahren, was damals mit unserer Schwester Katharina passiert ist und was ich damit zu tun habe.

Ich war fast vier Jahre alt, als Katharina die ersten Schritte alleine gehen konnte. Wir spielten auf der langen Wiese in der Nähe des alten Schuppens. Mutter hatte Wäsche aufgehängt und wollte nur kurz aus dem Keller neue Wäsche heraufholen. So lange sollte ich auf meine Schwester aufpassen. Kaum war Mutter im Keller verschwunden, ging Kathi tapsend mit ihren kleinen, dicken Beinen hinter ihrer Katze her, die auf den Schuppen zulief.

Dass der Brunnen, der sich neben dem Schuppen befand, für meine Schwester gefährlich werden könnte, daran hatte niemand vorher gedacht. Die Katze setzte sich wie immer an den Rand des Brunnens, der nicht sehr hoch war. Vermutlich wollte Kathi sie streicheln, verlor dabei das Gleichgewicht und stürzte hinein. Ich rief sofort nach Mutter, doch bis sie begriff, was los war und meine Schwester aus dem Brunnen ziehen konnte, war es schon zu spät. Katharina war ertrunken.

Mutter legte sie neben den Brunnen ins Gras. Die Katze setzte sich zu meiner toten Schwester und ließ sich nicht vertreiben. Starr und unbeweglich sah sie nur mich an aus ihren großen, grünen Augen. Daran erinnere ich mich plötzlich. Ein Nachbar zerrte mich von diesem Unglücksort fort und nahm mich mit zu sich.

Ich hörte meine Mutter ununterbrochen schreien, bis man sie ins Haus brachte. Die gellenden Schreie, die sich mit der Sirene des Krankenwagens mischten, hörte ich immer wieder in meinen Träumen. Auch dass ich glaubte, von einer Katze verfolgt zu werden, die mich mit starren, grünen Augen ansieht, kann ich mir nun endlich erklären. Nur den Anblick meiner toten Schwester konnte ich verdrängen. Jetzt kann ich die Bilder und Gedankenfetzen einordnen, die mich immer wieder quälten.

Mein Therapeut Siggi sagt: »Deine Mutter fühlte sich durch Katharinas Tod schuldig.

Unbewusst übertrug sie diese Schuld auf dich und versank in einer Depression. Sie hätte sonst nicht weiterleben können, Aaron. Du solltest das alles nie erfahren. Dein Vater dachte, dass er dir damit eine zu große Last aufbürden würde. Er hatte Angst, dass dich Gewissensbisse quälen, da du ja auf deine Schwester aufpassen solltest. Diese Bilder des Unglücks haben sich in dein Unterbewusstsein eingebrannt und lieferten dir Jahre später deine Albträume.«

Ab und zu taucht alles noch einmal in meinen Träumen auf. Ich hoffe aber, dass die Träume eines Tages ganz verschwinden.

Inzwischen sind einige Wochen vergangen. Mutter und ich machen gemeinsam bei Siggi eine Therapie. Wir arbeiten unsere Vergangenheit auf, indem wir uns unter Anleitung des Therapeuten aussprechen. Wenn wir den größten Teil bewältigt haben, werden Vater und Greta mit einbezogen. Vater hat eingesehen, dass er durch sein Schweigen einen riesengroßen Fehler gemacht hat. Dadurch hätte er fast unsere Familie zerstört.

Mit Lilli habe ich mich ausgesprochen. Endlich konnte ich ihr meine Träume erzählen und warum ich sie hatte. Lilli sagte darauf: »Ich habe dich immer geliebt, Aaron. Mit der Situation war ich aber total überfordert. Da ich sehr verunsichert war, habe ich versucht, mit deinem Vater zu sprechen, doch er hat mich nur vertröstet. Als ich mit deiner Mutter darüber reden wollte, ging es ihr plötzlich nicht gut, sodass ich ein schlechtes Gewissen bekam. Greta und ich versuchten dann zusammen, hinter euer Geheimnis zu kommen. Auch da hatten wir kein Glück.«

Ich habe es Lilli mit Sicherheit nicht leicht gemacht in den vergangenen Monaten. Umso glücklicher bin ich, dass sie mich immer noch liebt. Denn das ist die Hauptsache – dass wir wieder zusammen sind.

Heute gehe ich das erste Mal nach langer Zeit wieder in die Schule. Es ist, als ob nichts passiert wäre. Ich sitze vorne neben Vater im Auto, und die Mädchen hinter mir reden ohne Pause über die neusten Modetrends. Es kribbelt in meinem Bauch, wenn ich daran denke, gleich in der Klasse meinen Mitschülern zu begegnen. Die denken doch sicher, dass ich einen an der Klatsche habe. Ob die überhaupt noch mit mir sprechen? Tief durchatmen. Jetzt bloß keine Panikattacke. Das fehlte mir gerade noch.

Vater hält etwas abseits und lässt uns aussteigen. »Aaron, das schaffst du schon!«, sagt er aufmunternd.

Wir gehen mit den letzten Schülern aufs Gebäude zu. Lilli und ich halten uns so eng umschlungen, als ob wir uns nie mehr loslassen wollten.

Greta umrundet uns wie eine besorgte Glucke.

Es ist mir fast schon ein wenig peinlich. Schließlich bin ich kein Weichei!

Vater hupt kurz und ruft: »Tschüss, bis heute Mittag. Lilli – du bist zum Essen eingeladen! Frau Weinhuber kocht heute etwas Leckeres.« Er wirkt auf mich wie von einer Last befreit.

Wir haben das Schulgebäude erreicht. Nun muss ich alleine weiter. Ich bekomme von Lilli einen Kuss, und Greta boxt mir in die Rippen. Weg sind sie, in Richtung ihrer Klassen, und dann stehe ich vor meiner.

Zu dumm, dass ich nicht früher gekommen bin. Jetzt muss ich da reingehen, und alle starren mich an. Noch einmal tief Luft holen und die Tür aufmachen.

Totale Stille! Wow, was ist denn hier los? Bin ich in der richtigen Klasse oder in einer Gaststätte gelandet? Es sieht so aus, als ob alle auf mich gewartet hätten. Frau Gerber, Herr Unger und meine Mitschüler!

»Komm, Aaron, setz dich. Wir haben schon Hunger«, sagt Frau Gerber. »Wir wollen mit dir frühstücken.« Verlegen gehe ich zu meinem Platz. Ich komme an Lars vorbei. Er lacht, steht auf und klopft mir auf die Schulter: »Schön, dass du wieder da bist. Wir haben dich vermisst.«

Ich fasse es nicht. Alle sind locker drauf. Es schwirrt plötzlich wie in einem Bienenstock. Es ist, als ob ich nie weggewesen wäre. Meine

Lehrer und meine Mitschüler sind große klasse.

Lars begegne ich freundschaftlich. Ich habe eingesehen, dass ich vieles verzerrt gesehen und überspitzt reagiert habe, auch aus Angst, Lilli zu verlieren. Außerdem hätte ich sowieso nichts erzwingen können. Wenn Lilli mit Lars würde zusammensein wollen, hätte ich es akzeptieren müssen. Liebe kann man nicht diktieren.

Heute sehe ich alles gelassener und komme mit meinem Leben besser zurecht. Von Tag zu Tag fühle ich mich stärker. Mein Lachen habe ich wiedergefunden und probiere es sehr oft aus. Was mich besonders froh macht, ist, dass wir wieder eine Mutter haben. Mit ihr können wir reden, streiten und lachen. Vater und Tante Sonja sind mindestens genauso glücklich wie Lilli, Greta und ich! Bald sind wir wieder eine richtige Familie.

Ende